ワイキキ・ビーチ。

Waikiki-Beach.

Waikiki-beach./Sloane Square.
by Marlene Streeruwitz

Waikiki-Beach.

ワイキキ・ビーチ。

{ワイキキ・ビーチ。/スローン・スクエア。}

マーレーネ・シュトレールヴィッツ

松永美穂[訳]

{Waikiki-Beach. / Sloane Square.}

Marlene Streeruwitz

論創社

Waikiki-Beach Sloane Square.
Contents
目次

ワイキキ・ビーチ。

W a i k i k i - B e a c h .

Waikiki-Beach。/ Sloane Square。

登場人物

ヘレーネ・ホーフリヒター（市長の妻、四十歳くらい）
ルードルフ・ホーフリヒター（市長、四十五歳くらい）
ミヒャエル・ペチヴァル（有力紙の編集長、四十五歳くらい）
ホームレスの女
三人の太った女たち
三人の震える老人たち
スキンヘッドの男
ミック
愚連隊
警官

舞台

この芝居は、かつて新聞の編集局があった廃屋の廊下で演じられる。建物の中二階。背後の壁には事務用の戸棚があり、ドアは別の部屋に通じている。前方の壁は、舞台右手に斜めに暗示されているだけ。一つのドアが――観客からは必ずしも見えないところにあり――右手の、かつての編集長室に通じている。左手にはガラスのはまった入り口のドアがある。右手にはこの廊下の、通りに面した大きな窓がある。がらくた、ふるい事務椅子、ぼろの束や山。

第1場

一台の車が外を通り過ぎる。リアルでくぐもった音。右手から車のライトが射し込み、初めはオフィスに通じる開いたドアから、次に、廊下の窓の外から廊下の上を照らす。そのあとは静かになる。ネズミがごそごそ動いているような気配。廊下の電気がつく。一組の男女が近づいてくるのが聞こえ、彼らのシルエットが入り口ドアの曇りガラスの向こうに見える。
彼らはくすくす笑っている。鍵を試す音。二人とも酔っぱらって陽気である。
ドアの背後で——

ヘレーネ——うまくいかないの？　ダーリン。
ミヒャエル——絶対いくよ。開くはずなんだ。そのはず。ちくしょう。
ヘレーネ——（くすくす笑いながら）そんなら。ミヒャエル。やってよ。
ミヒャエル——わからんな。開くはずなんだが。
ヘレーネ——開けてよ。子ネズミさん。やってよ。開けなくちゃ。あそこ。ほら見て！（彼女は鍵を使わないであっさりとドアを開ける）

彼らはなかに入る。光が踊り場から廊下に射し込む。

ミヒャエル——ほらご覧。いいアイデアだったろ。

彼らはくすくす笑い、じゃれ合う。いちゃつく。

ヘレーネ――ほんとにいいアイデアだったわね。逃げるというのはね。

ミヒャエル――おいで。あそこに行こう。ぼくのオフィスへ。ぼくのすてきな、昔のオフィスへ。

彼は彼女の手を取って舞台を斜めに導く。ほぼ中央に来たところで、廊下の電気のタイマーが切れる。再び右手の廊下の窓からの明かりのみ。彼らはよろめく。

ミヒャエル――待って。どこだっけ……

彼は背後の壁で、電気のスイッチを手探りで探す。スイッチを見つけるためにライターをつける。

ヘレーネ――(中央で、一人で、子どもっぽくふてくされて)ダーリン。子ネズミさん。どこなの。ヘレーネは暗闇で恐がってるわ。

ミヒャエル――(くすくす笑いながら)可哀相な小さなヘレーネ。急いで、大きくて強いミヒャエルのところにおいで。

彼は手探りで彼女のところに行く。彼女を腕に抱きながら、ライターを自分の頭上にかざす。

ヘレーネ――(子どもっぽく、みだらに)そして大きくて強いミヒャエルは、可哀相な小さいヘレーネと何をするの?

ミヒャエル――(欲情にかられながら)大きな大きなミヒャエルが可哀相な小さなヘレーネと何をするかって? 可哀相な小さなヘレーネは何がほしいのかな。

いちゃつく。彼らはオフィスへのドアにたどり着く。

ミヒャエル――(突然フォーマルで丁寧な口調になって)市長夫人。オフィスにお越しいただけますでしょうか。

ヘレーネ――(もったいぶって)もちろんですわ。編集長。よろこんで。よろこんで。

彼らはまたくすくす笑い始め、隣の部屋に行く。かさかさいう音、囁き声、ヘレーネの玉を転がすような笑い声。

第2場

一台の車が建物のそばを通り過ぎていく。ヘッドライトが舞台の左から右へ移動し、そのあとまた一瞬、オフィスのドアを通して光が見える。
ヘレーネの鋭い叫び声。彼女は叫びながら部屋から走り出て、うろたえたように廊下の壁に体を押しつける。ミヒャエルが彼女を追いかけようとするが、半分脱ぎかけたズボンのせいで、よろよろとしか歩くことができない。彼はまたライターを頭上にかざし、今度は真剣に電気のスイッチを探す。スイッチを見つける。けばけばしいネオンの光が舞台にあふれる。ヘレーネは服を半分脱ぎかけた状態で、後ろの壁のところに立っている。ミヒャエルはズボンを上に上げてファスナーを閉める。彼らは斜めに向かい合い、見つめ合っている。

ヘレーネ――（ヒステリックながら我に返った様子で囁く）ここ、外から丸見えだわ。

ミヒャエル――なんだって？

ヘレーネ――ここ、外から丸見えなのよ。これじゃできないわ。わたし。わたしはダメ。カーワイキキ・ビーチ。

テンがなくっちゃ。

ミヒャエル――なんてこった。外から見ることなんかできないよ。誰が見るっていうんだ。きみの思いこみだよ。

ヘレーネ――そんなことわからないでしょ。わからないわよ。誰に見られているか。

ミヒャエル――きみの思いこみさ。いつだって大げさなんだから。ぼくたちがここにいることは、誰も知らないんだよ。

ヘレーネ――誰も知らないかどうか、断言できないわ。

ミヒャエル――じゃあどうしろっていうんだ。戻って飲み続けるかい？

ヘレーネ――(我に返った様子で、侮辱されたように) あなたはまっすぐ。奥さんのところにだって帰れるでしょ。(服を直す) そのために奥さんがいるんだから。

ミヒャエル――ヘレーネ。やめてくれよ。滑稽だよ。(彼女に近づく。誘うように) ほんとに心配いらないよ。おいで。頼むよ。

ヘレーネ――いやよ。どんなことがあっても。あの部屋には入らないわ。おまけに寒いんだもの。

ミヒャエル――(弱りはて、やけっぱちになって) それで？ どうすればいいんだい。きみはホテルにだって全然行こうとしないし。車でやるかい。どうすれば……

ヘレーネ――いいか、言ってあげられるわよ。でもそれをあなたが聞きたがるとは思わないけど。

その間に、二人ともほぼ服装を直している。

ミヒャエル――ほう。いよいよそのときが来ましたか。どうぞ。言わなくちゃいけないというのなら。

ヘレーネ――（憤激し、ヒステリックに）やめて。やめてよ。あなたって冷酷な豚野郎ね。そしてわたしも同じだわ。ほんとにどうでもいいの。ほんとに、完璧に。家まで送ってちょうだい。

ミヒャエル――（ネクタイを直す）オーケー、オーケー。（投げやりに、誇張しながら）ここの聖なる広間では／おまんこなんてしやしない……

ヘレーネ――やめて！　歌う必要があるの？　おまけに悪趣味だし。

彼女はもう出ていこうとしている。彼の方は両手をズボンのポケットに突っ込み、ふらふらと歩き回り始める。

ミヒャエル――ヘレーネ？　おいでよ。わかってるよ。何もかも大変だ。でもね。そうじゃなかったらぼくたちには何もないわけだし。

ヘレーネ――わたしが気をつけなくちゃいけない立場だって、あなたははっきりわかってるでしょ。いまは。選挙前なのよ。スキャンダルは許されないわ。みんなわたしのこと知ってるんだもの。あなただって知られてるわよ。どんなことになるか、わかるでしょ。あなたはそういうゴシップでお金を儲けてるんだものね。そんなことになったら、もう終わりだわ。（ほとんど泣きそうになる）何もかも終わりよ。わたしにはわからない。そうなったら、どうして乗り越えたらいいんだか。何のために。もうすっかり疲れちゃったわ。それなのに、まだ始まったばかりなのよ。あなたにはわからないわ。何がわかるっていうの。何がわかるの。わたしは……

ミヒャエル――おいで。おいで。もういいから。おいで。どうかな。ここに座って話をしようよ。ね？

第3場

ミヒャエルはオフィスに行く。音を立てる。ヘレーネはタバコに火をつける。行ったり来たりする。神経質に。半ば彼と、半ば自分自身と話す。

ヘレーネ――わかる？　思うんだけど。ほんとは自分が中心でいたほうがいいのよね。つまり。大変なのよ。ルードルフにとっても。でもわたしにとっては。そんなふうに。付録として。恐ろしいことだわ。どうもちゃんと表現できないんだけど。ただ、そういう感じなのよ。絶えず。みんなが待ってる。みんながわたしの周りで様子をうかがっている。でなければ何か求めている。そして、他人の不幸を喜んでる。最初から。いいえ。彼は苦戦してる。それで。彼女にも事情がわかるだろう。市長の奥さまにもってね。なんてこと。わたしには何もできないの。つまり。いままでだって、ほんとにわたしというものが存在するのだか、はっきりしなかったのよ。そしていままでは。つまり。いまではわたしなんて、ほんとになくなっちゃってるわ。もういないのよ。

オフィスのドアから、古い擦り切れたソファが現れる。ミヒャエルがそのソファを、廊下まで押していく。最後の言葉を言いながらヘレーネも彼を手伝う。ソファは最初非常に重そうに見えるが、とても早く押されていく。ミヒャエルとヘレーネは疲れ切って並んで座る。ソファは舞台のまん中にある。

ヘレーネはハンドバッグから携帯用のボトルを出すと最初に飲む。

ヘレーネ――ほら。飲みなさいよ。政治家の妻にとってはこれが一番のお供ってわけ。

ミヒャエル――ああ、そうか。（飲む）これなら居心地いいだろう、どう？（ヘレーネの側に寄る）

ヘレーネ――(またボトルから飲み、タバコに火をつける。考え深げに) 家ではあの人たちまだみんな座ってるでしょうね。

ミヒャエル――どの人たち? (また彼女の洋服を弄び始める)

ヘレーネ――ルードルフのアドヴァイザーたち。政治討論のためのの。テレビのね。義務的なつながりのない、プライベートな取り巻きの人たちなの。

ミヒャエル――そんなアドヴァイスが必要なのかい? もっと他にやることはないのかい?

ヘレーネ――ないみたい。あの人たち、新しいビデオを見てるの。

ミヒャエル――また作ったの?

ヘレーネ――そうよ。わたしも出ていいと言われたの。夫と手に手を取って登場することを許されたの。彼が作ろうとしている美しい、新しい世界へね。ほら見て。(彼女はソファに立ち上がり、タバコとボトルを頭上に掲げると、大股でソファから床に降りる。とても大げさに) こうやってルードルフの新しい世界に入るというわけよ。もちろんここの場所ではビデオのトリックは使えないけどね。(彼女はまた彼の隣に腰を下ろす。彼はまた彼女に触り始める)

ヘレーネ――あなたのところでやれないの?

ミヒャエル――ダメだよ。

ヘレーネ――だってジルヴィーは?

ミヒャエル――ベビーシッターがいるから。

ヘレーネ――だけどあの人は。テレビの前に座らせちゃえば済むことよ。ビデオ一本分は静かにしていてくれるわ。そしてわたしたちは。バスルームでやりましょうよ。それだって車のなかでするよりはいいわ。三週間前にやったときの首の筋違えがまだ残ってるの。それにいつも不安だわ。いつ誰が車の側に立ってるかと。そうなったらどうする？

ミヒャエル――（愛撫をやめないで）だけどヘレーネ。そんなの大したことじゃないよ。そんなに深刻に考えるのはよしなよ。ぼくたちだけじゃないんだからさ。わからないよ。きみはいつも大げさに言うんだから。もちろんきみにとっては大変なことさ。でも。きみも共犯者なんだから。すべてがそうだからって驚くことはないよ。

ヘレーネ――ええ。ええ。驚くことはないわね。そう。そうね。驚く必要はない。結構よ。驚かないことにするわ。

ミヒャエル――ああ。ごめんよ。ぼくたちはみんな共犯者なんだね。ぼくたちはみんな驚いちゃいけないんだ。さあ。おいで。もう少し飲みなよ。（彼女のハンドバックのなかのボトルを探す）ほら。（彼女にボトルを渡す。彼女は従順にそれを受け取って飲む）そうだよ！　これは何かな？（薬の箱らしきものを掲げる）そう。これは何かな。

ミヒャエルは箱を開け、説明書を取り出す。立ち上がって大きな声で読む。おかしな真剣さで読み、女たちが男たちに対して抱いている期待に関して、紳士的かつマッチョな「男同士の同意」を求めるような市民喜劇の作法に則った、信頼感あふれる様子で観客に臨む。

ミヒャエル――膣の奥に避妊用座薬を入れる際の手引き。効能――避妊。使い方――包装、かっこ開く、ホイル、かっこ閉じる、を破る。包みを開いて避妊用座薬を取り出し、性交の前に膣の奥深くに入れる。かっこ開く、図をご覧ください。なるほど。かっこ閉じる。（呟きながら）正しくご使用されれば確実に（ここで最後の直接的・思わせぶりなまなざしを観客の方に向ける。これ以後はもう観客とのアイコンタクトはない）確実に避妊できることが検証されております……

ヘレーネ――（その間、無気力にソファに座ったまま）あれはもう飲まなくなったの。

ミヒャエル――なんだって？　やめた？　もうピルは飲まない？　いつからだい？　わかってるのかい？　この座薬は避妊の成功率が九〇パーセントぐらいかもしれない。つまり、十回目にはいつも妊娠の危険があるってことだよ……

ヘレーネ――それなら危ないのは来年になってからよ。三月頃。

ミヒャエル――バカなことを。なんてバカなことを。きみは何だっていったい……

ヘレーネ――どうして。どうしてバカなのよ。わたしたち、一か月に一度会うのがやっとじゃないの。この建物から引っ越したあと、あなたには全然時間がなくなって。昼休みだってもう……

ミヒャエル――でも。理解できないのか。（彼は彼女からボトルを取って飲む）いいや。きみにはわかってない。理解できないのか。十回目がいつかなんてことはわかんないんだぞ。きみって奴は。ああ。何も想像しないでおこう。もしそうなら、あれをすることさえできないんだ。もし誰かがやっちまったら。いや。あってはいけないことだ。きみ。（彼は笑い出す）できちゃったら産むしかないいな。気の毒なルードルフ。

ヘレーネ――そしたら暴露できるわ。あなたの新聞でね。（皮肉っぽく）そしたらわたしと結婚して、わたしをみんなから尊敬されるような奥さんにしてよね。ついに。

ミヒャエル――悲劇だ。そんなのはれっきとした悲劇にしかならないよ。

ヘレーネ――あなたのゴシップ新聞で？

ミヒャエル――（自分を抑え、ただ不快そうに）つまり。一つだけ言わなくちゃならない。きみは無責任だよ。おまけに。この座薬じゃやる気なくすよ。

第4場

ミヒャエルは「寝る前のお支度」を始める。ゆっくり、きちんと服を脱ぎ、すべての洋服を注意深く揃えたり、背後のロッカーの鍵に引っかけたりする。靴を揃え、ヘレーネがモノロ

ワイキキ・ビーチ。

ーグを終えるときにはパンツと靴下だけになってまっすぐソファに横たわっている。
彼女は飛び起き、行ったり来たりしながらこのあとの台詞を言う。舞台全体を使って。

ヘレーネ――――（ジャンヌ・ダルク風に。徹頭徹尾、情熱的に）無責任ですって。もちろん。まったくの無責任だわ。まさに恐ろしく無責任。でも。あなたにお尋ねするけど。わたしたちの誰かが、責任ある行動をとったことなんてあるかしら。わたしは、ないわ。どう思われようと、どうでもいいわ。ほんとにまったくどうでもいいの。もちろんピルを飲むべきでしょうね。毎日。七日間、白い錠剤を飲んで。次の七日間はピンク色。それからオレンジを七日間。来る年も、来る年も。何のために？ お尋ねするけど。何のためなの？ 言ってくれる？ さあ！ まったく無駄なことなのよ。まったく完全に無駄なの。だって。だってセックスしてないんだもの。ルードルフとはどっちみちしてないし。夫婦なんてそんなものでしょ。それにあなただって。してくれない。もう。どっちにしても。一度言わせてもらうわ。誰もやってないのよ。誰も。わたしが知ってる夫婦はね。もう何年も。そして恋人同士も。片手間でしか。あーあ。立ち飲み屋のカウンターにいる、いつも腹を空かしているオオカミ以外には。誰も。それに、そんな奴らのことはもうみんな知ってるわ。そのために。いいえ。そのために体に悪い薬を飲む必要なんてないのよ。リングをお腹に入れておく必要もない。そうでしょ。ピルは石鹸の味がするわ。セックスする時間があるふりなんてしないでよ。そもそも。前回は、ストッキングを履き終わったら、もう街のなかに着いてたわ。それだけの時間しかないのよ。言っとくけど。もううんざりよ。ほとほと、うんざりしたわ。世界中がセックスの話ばっかり。そのくせセックスなんてないのよ。何も。何も。まったく何も。わたしの男たちは。いつも会議や人と会う約束ばかり。たぶん会議を「やりまくりたい」のね。わたしは、抱かれたい。言っといてあげる。郵便配達屋とやるって話も悪くないわ。全然悪くない。言っといてあげる。夢見てるの。彼らが並んでるところ。すべての男たちが。そしてわたしは横になってる。彼らが入れてくれるの。一人ずつ順番にね。誰もが。でもそんなおとぎ話のためにピルを飲む必要はないわ。白いのもオレンジのもピンクのもね。男は誰一人セックスしない。少なくとも、喜んでセックスする人はいないわ。誰もやりたがらない。ほんとは、誰も好きこのんでセックスなんてしたくないのよ。少なくとも、わたしがしたいときには誰もしたがらない。これってかなり欠陥構造じゃないかしら？　病気よ。完全に病気なのよ。

彼女は両手を拡げて舞台中央に立ち、「病気よ」と言いながらミヒャエルの方を振り返る。彼は、まるで彼女が一言も話さなかったように反応する。彼女を見上げてにやりと笑う。

ミヒャエル――さて。どうだい？　え？

ヘレーネ――ああ。あなたってお馬鹿さんね。

彼女はミヒャエルの腕のなかに飛び込む。激しい愛撫。

第5場

ヘレーネがミヒャエルの上に覆いかぶさったまま、二人の動きが止まる。ライトは非常に強いスポットライトに変わり、ソファの上のカップルと、背後の壁のところのぼろ屑の束、オフィスへのドア、開きっぱなしの書類棚などを照らしていく。

一本のライトが、三人の太った女性たちの歩く様子を照らし出す。

三人の太った女性たちは登場の際、それぞれの手に、食料品をのぞかせた買い物用のネット袋を持っている。野菜、果物、牛乳、パンなどがはみ出している。彼女たちの服はてかてかと光っている。彼女たちは終始堂々とした態度で展覧会会場を回っていく。展示作品についての彼女たちの意見は、学識に裏打ちされた客観性を備えている。彼女たちはドアから入ってきて短く立ち止まると全体を眺め、それから一つ一つの展示作品を順番に見ていく。一つ一つの作品に向かって身を屈め、綿密に観察する。その間、間断なく順番にしゃべっている。

第一の太った女――ここに違いないわ。
第二の太った女――そうね。ここよ。
第三の太った女――そうね。ここだと思うわ。
第一の太った女――できれば、またしても……
第二の太った女――展覧会の場所だけが独創的で、
第三の太った女――展覧会そのものは全然独創性がないなんていう催しの一つでないことを願うけど。
第一の太った女――わたしたち、早く来すぎたのかしら？
第二の太った女――早すぎた？　そうは思わないけど。
第三の太った女――ここで合ってるわ。絶対大丈夫。
第一の太った女――そうね。ということは。リアリズムの部屋ね。だと思うけど。
第二の太った女――そうね。間違いないわ。リアリズムよ。
第三の太った女――現実は避けられないってわけね。
第一の太った女――問題はただ……
第二の太った女――見聞したことを単に再現するだけで……
第三の太った女――芸術と呼ばれるのに充分なのか、ということ。
第一の太った女――ただ、すぐに見てとれるのは……

第二の太った女――この種のリアリズムが、過去の芸術の形而上学的な引用なしには……

第三の太った女――成立しないということ。たとえば部屋のまんなかにある……

第一の太った女――このソファの位置は……

三人一緒に――どうしても祭壇を連想させてしまう。犠牲が捧げられる状況。恋人たち。生け贄の人間。

第二の太った女――納得のいく解決になりうるのかしら……

第三の太った女――ここに現実との結合という課題が……

第一の太った女――そしてまた現実が、たとえば……

第二の太った女――この女性像。パーティのあとの、酔っぱらった上流階級の女性。

第三の太った女――そうね。細部まで容赦なく、自然主義的に再現されているわ。たとえばここの……

第一の太った女――ほんとに趣味の悪いイヤリング。ストッキングのラインはずれてるし。

第二の太った女――ここにも社会に対する批判を当てはめるべきかしら？

第三の太った女――芸術における社会批判がなんだっていうの？　それも男性の病気の一つに過ぎないわ。説教しようとする。

第一の太った女――芸術家たちは好んで社会宗教的な役割を果たそうとするものよ。

第二の太った女――それが美学的シニシズムに陥らざるを得ないとしても？

第三の太った女――ここでやってるみたいにね。男のヌード。平板なナルシズムと、主義主張の完全なる欠如。
第二の太った女――でも美しいわ。
第一の太った女――もはやあり得ない美しさ。
第三の太った女――彫刻はどっちみち物それ自体でしかあり得ない。ここで試みられているようなことは……
第一の太った女――放棄してしまってもいいのよ。でも芸術作品としての……
第二の太った女――永久性を回避するのは、芸術家たちにとって……
第三の太った女――彼らの美学的良心が許す以上に困難なことのようね。
第一の太った女――まだこんなアイデアを思いつくことができるのね。まさしく古ぼけていてキッチュだわ。失敗作ね。
第二の太った女――配置もね。廃屋になったオフィスなんかじゃ、どういう意味合いがあるのかさえ伝わってこないわ。
第三の太った女――カムフラージュもこんなに嫌らしく細部まで描いたんじゃ、うまくいかないわ。
第一の太った女――ほこりをかぶったみじめさがほんのちょっぴり感じられるだけ。そしてここには……
第二の太った女――現実に届こうとするさらなる試みがある。ホームレス。ここ。壁際に。見える？

第一の太った女――ここにあるものなんて……
第二の太った女――知覚する必要は……
第三の太った女――ないのよ。この場面の……
第一の太った女――写真が一枚あれば……
第二の太った女――事足りたでしょうよ。そうしたら……
第三の太った女――それは何かの写真というだけで……
第一の太った女――重要じゃなかったわね……
第二の太った女――全然重要じゃない。
第三の太った女――それは現実を生み出そうとする……
第一の太った女――ある試みの、単なる……
第二の太った女――再現に過ぎない。現実の……
第三の太った女――イメージ一つ一つによって追い越されてしまう。
第一の太った女――カップルを使ったちょっと演劇的な試みというわけね。
第二の太った女――生産的とは言えないわね。
第三の太った女――作者にはここで忠告してあげるべきね……
第一の太った女――次のことを、もっとしっかり思い起こしてほしい……
第二の太った女――現実を相手にしようとするのなら……

第三の太った女――その都度まったく特殊な……

第一の太った女――独自の現実だけが題材にふさわしいということを。

三人の太った女たちはまた入り口のドアにたどり着く。威風堂々と退場していく。彼女たちの足音が遠ざかるのが聞こえる。最後の足音が聞こえてから約四秒後に、また車が一台通り過ぎ、室内がヘッドライトに照らし出される。

照明は新たにネオンライトに変わる。

第6場

ヘレーネとミヒャエルはまた愛撫を始める。ヘレーネが突然体を起こし、無邪気に親しみを込めて尋ねる。

ヘレーネ――ねえ、言ってちょうだい。ほんとにしたいの？　つまり。きちんと。こう。わたしに対して。つまり。わたしたちって。実際は。たまたま。わたしたちって、たまたま出会ったワイキキ・ビーチ。

だけじゃない。今晩。全然知らなかったわ。あなたが……ジルヴィーを連れずに。つまり。どんどん出会いも偶然になっていくじゃないの。すべてが。なんてことかしら。あなたがまだこの建物で働いていたときには、オフィスの前で。ちょっとした朝食の時間を……それか昼休みに……。

ミヒャエル――（突然体を起こして座る）何でこんなにべらべらしゃべってばかりいるのか、言ってもらえるかな。きみはほとんどだんなさんと同じくらいよくしゃべるね。オーケー。オーケー。確かにぼくはきみをほったらかしにしてた。だからセックスもしなかった。論理的だ。まだ何か飲むものある？

ヘレーネ――どうぞ。

ミヒャエル――（また服を着始める）でも。きみの言うとおりだね。以前はもっと簡単だった。ちょっと前までは、何もかも簡単だった。何となく。それとも違うかな。わからない。過去のことさえ見通しがきかないな。（飲む）

ヘレーネ――わたしにもちょっとちょうだい。（ボトルを手に取る）ありがとう。でも。一緒に飲むこと。これだけは相変わらずね。奥さんの断酒のほうはうまくいったの？

ミヒャエル――いってないと思う。彼女のアル中はもう治らないよ。

ヘレーネ――そうなの。でもそうしたらどうするの。

ミヒャエル――なんてこった。子どもたちもいるのに。いつかは離婚ということになるだろうね。そうなったら。

ヘレーネ――――そうなの？

ミヒャエル――――そうさ。（シャツのボタンを留めながら、人生に対する激しい嫌悪感に襲われる）そう。そう。そう。ぼくは離婚するよ。だけどぼくの肉のなかにいるウジ虫は、どっちみちぼくをむさぼり食って、もうすぐ芋虫くらいの大きさになるだろうね。ぼくの骨の髄までかじって。それからどこかに這っていくだろう。（ネクタイを結ぶ）ぼくから去っていくわけさ。その虫たちはね。さて。用意はできたよ。

ヘレーネ――――（相変わらずナイーブに愛らしく、ミヒャエルの感情の爆発には動かされないで）でも。わたし心配だわ。あんなにきれいな人が。彼女はほんとにきれいな人だったわ。わたしいつも彼女が好きだった。ほんとはそうなのよ。ええ。やっぱり。離婚なんてしちゃいけないわ。彼女があんなに苦しんでいるときに。彼女を。一人にしちゃだめよ。

ミヒャエル――――おや、だめなのかい？　ぼくはてっきり。きみが。きみがぼくと結婚したがってると思ってたよ。前はそういう計画だったじゃないか。きみが離婚する。ぼくも離婚する。一緒に逃げる。そして人生の最後の日まで幸せに暮らしましたとさ。もしまだ死んでいないならば……

ヘレーネ――――でもわたしたち死んでるわ。とっくに。いずれにせよわたしは確実に死んでる。まだ何ができるのかしら。他のみんなにとって恐ろしい結果をもたらすことなしに。何もできないでしょ。わたしにはもう何もできない。巻き込まれちゃったのよ。ある朝目が覚めて。もう巻き込まれている。そんな状態よ。

ミヒャエル――それじゃぼくたちは愛し合ってたわけじゃないんだね。ぼくはてっきり。まあいいか。たぶんきみのほうが正しいんだろうね。

ヘレーネ――と、毒蜘蛛さんは言って、日なたに横になりました。背中の白い十字のしるしも日焼けして茶色くなるようにと。つまりは宗旨変えがしたかったのです。もう拷問担当の刑務官として働きたくはなかったのです。

ミヒャエル――渇いた血だって茶色いさ。蜘蛛さんは何になりたかったんだい。

ヘレーネ――編集長よ。もちろん。

ミヒャエル――もちろん。

ヘレーネ――そう。それじゃ。

ミヒャエル――そう。それじゃ。

ヘレーネ――そう。それじゃ。

ミヒャエル――そう。それじゃ。

彼女はソファから立ち上がる。手鏡を出して髪を直す。外に行ける格好になる。ミヒャエルはネクタイを整え、背広のボタンもきっちりはめる。

第7場

ヘレーネとミヒャエルは互いに向かい合って立つ。これまで無頓着に演じられてきた男女関係のやりとりが、突然悲劇的な別れへと昇華される。二人とも冷静になり、二人を包む円錐形の光のなかに立っている。それまでは大げさでわざとらしく思われたイブニングドレスが、完全にその場にふさわしいものとなる。悲劇はこの場面から本格的に始まるのである。

プレイバック——完璧にシェイクスピア的な英語で。非常に情熱的に(1)。

アントニー/ミヒャエル—では、これでお暇しよう。

クレオパトラ/ヘレーネ—痛み入ります、それなら一言。そう、二人は別れなければならない、いいえ、言いたいのはそのようなことではありません。そう、二人は想い想われてきた、いいえ、言いたいのはそのようなことではありません。すべてよくご存知のはず。なにやら言いたいことがあったのだけれど。ああ、わたしとしたことが、どうしてこうも忘れっぽいのだろう。まるでアントニーそっくり、何もかも忘却の淵に沈んでしまう。

アントニー／ミヒャエル　―王者なればこそ、いかに愚かなきまぐれも家臣同様、意のままに使いこなそうつもりらしい、さもなければ、こちらはすんでの所で、それをただの愚かな気まぐれと思い違いするところだった。

クレオパトラ／ヘレーネ　―どんなに辛いことか、まるで身を絞られるよう、気まぐれは気まぐれでも、このクレオパトラは燃える胸の呻きにかけてそれを産むのだもの。もうそれは言いますまい、わたしを許して。どのような魅力も、この身にとって所詮は仇、肝腎のあなたのお目に好もしく映らなければ、甲斐もない。名誉にかけて帰らねばならぬとおっしゃる。それなら、誰ひとり憐れむ者もないわたしの愚かな言葉になど、耳をお貸しにならぬよう、そして神々もこぞって征旅のお味方を！　その剣の上に勝利の月桂樹が輝きますよう！　行く手、行く手に、滞りなき勝ち戦の花が散り敷かれますよう！

アントニー／ミヒャエル　―さ、奥へ。何のことはない、別離とはいうものの、のちに想いが残るといえば残り、消えるといえば消える、ただそれだけのこと、つまり、その身はここに留まるも、しかも我と共に行き、我はこの地を去るも、なおその身の傍らに在るのだ。さ、行こう！

二人は退場する。ミヒャエルは電気を消す。彼の足音が響くのが聞こえる。

第8場

ヘレーネはドアのところまで一緒に行く。しかし、暗闇のなかに立ち止まってしまう。ソファのところまで行き、腰を下ろす。初めは廊下の電気がついているが、それも消えてしまう。最初の場面と同じ光。再びかさこそいう音。ヘレーネはタバコに火をつけ、闇のなかに座っている。

スピーカーを通して、ミヒャエルが戻ってくる足音が聞こえる。廊下に電気がつく。彼がドアをばたんと開ける。電気がつく。ヘレーネは突然明るくなったのでまぶしくて目をつむる。彼は初めは疲れ切った様子だが、それから冷たい怒りを爆発させる。それは、小さな娘に言うことを聞かせようとしたのに聞いてもらえず、何も成果のなかった父親の怒りである。

ミヒャエル ――どこにいるんだ?
おいで。頼むからおいで。
おいで。わがまましたいなら明日にだってできるだろう。

一日中ぼくに電話したっていいさ。
すぐに電話をつながせるから。
でもいまはもうおいで。

ヘレーネ——（相変わらず目を閉じたまま）いやよ。
ミヒャエル——いやだって？
ヘレーネ——いやよ。
ミヒャエル——いやなのか？
ヘレーネ——いやよ。（ソファにふんぞり返る）
ミヒャエル——（冷たく皮肉っぽく）いやだとさ。ここに残るって。ここに残って、苦しめられた女の子の役を演じるんだと。誰にも理解されない、悩み苦しむ女性。そうやってればなんでも許されると思ってるのかい。

彼は突然向きを変えるとオフィスに入っていく。ウィスキーの瓶を持ってただちに戻ってくる。

ミヒャエル——きみに足りないものを教えてやるよ。まだ酔っぱらい方が充分じゃないんだ。来いよ。もっとしっかり酔っぱらわなくちゃダメだ。そしたらきみの悲惨な状態も信じてもらえるだろう。来いよ。

彼はヘレーネの上にかぶさるように膝をつき、彼女に無理矢理飲ませようとする。憤りと嫌悪感がどんどん大きくなるにつれ、彼はいっそう冷酷になり、確信に満ちて行動する。

ミヒャエル ――ほら。さあ。飲めよ。飲みなよ。酔っぱらえよ。みんなきみのだから。きみだけのものだから。もうあんな真似はやめろよ。

彼女は息を詰まらせ、窒息しそうになる。棒立ちになって抗おうとし、喉をごろごろ言わせてむせる。

ミヒャエル ――いつもはあんなに飲むのが好きじゃないか。ほら。さあ。飲めよ。全部。全部飲むんだ。そう。いい子だったから、おまんこにも入れてやるよ。

彼は膝をついて彼女にまたがったまま、彼女のハンドバックを床から拾い上げるとなかをかき回して避妊薬の箱を取り出す。座薬の包みを開ける。彼女は咳をし続け、息を吸おうと喘いでいる。
彼は心ここにあらずといった様子でしゃべりながら、箱を開け、座薬を取り出すのに一生懸命になっている。

ミヒャエル――そら。こいつをなかに入れるんだ。そしたらちゃんと。いまにわかるさ。世界がすぐに違ったふうに見えてくるから。うつ病にはこれがきくのさ。きみもこれを望んでたんだろう。ペニスを。入れてやるよ。入れてやるよ。人生が変わるよ。見てろよ。

彼女は息を吸おうと喘ぎながらも抵抗する。ミヒャエルは彼女の服を脱がせることなく、座薬だけを膣に押し込む。それから疲れ切って、しかし満足した様子で、ソファの端に座る。彼女のスカートを引っ張って直してやる。タバコに火をつける。二人とも息を切らしている。ミヒャエルはさらに使用説明書を読んでいる。

ミヒャエル――さて。このあとどうなるのかな。ああ。十分間か。よし。それぐらいは待とうじゃないか。

彼は立ち上がって、また背広を脱ぐ。脱いだ背広はロッカーの鍵のところに丁寧に掛ける。

さらにタバコを吸う。まだ瓶のなかに酒が残っているか見る。またソファに腰を掛ける。観客を見つめる。

第9場

ヘレーネは体を起こす。少しのあいだ、観客に背を向けて座っている。ふらふらと立ち上がる。ためらいがちに。それから、かつて編集長室だった部屋に入っていく。また出てくる。オフィスに備え付けたバーに残されていたらしい瓶を持ちだしてくる。非常に集中して、正確に、彼女はたくさんのさまざまなアルコール類の瓶で一本のラインを作り、その向こう側に立つ。瓶に残っていた酒を、その都度、古ぼけたコーヒーポットに空ける。そのポットから今度はコーヒーカップに注ぐ。これらすべての動作を彼女は注意深く行い、全然酔っていないように見える。ミヒャエルのことはほったらかしである。

その間に、

ミヒャエル ――すっかり遅くなっちゃったな。きみの言うとおりだよ。おれたちは。おれたちはワイキキ・ビーチ。

なんだか離れてしまった。ずいぶん単純だったよね。何がって？　つまり。おれたち二人さ。だけどたぶん、そんなおとぎ話でも信じなきゃやっていけないんだよね。現実は。現実はほんとに厳しいからなあ。わかるかい。ときどき。ときには、はっきり見えてくる瞬間があるのさ。そんなとき、おれは考える。ちゃんとした娼婦でも探したほうがいいってね。そのほうが簡単だ。おれたちみんなにとって。わかるかい。そうしたらもう誰も苦しませなくてすむ。自分の気持ちのことなんかで。あるいは。この悩み。この辛さ。いつもいつも、ジルヴィーが今度は何をやらかすだろうかと自問して。きみはなんて言うかな。きみたちのうちの一人がいつも何かやらかすってわけだ。厄病神だ。厄病神以外の何物でもないよ。おれはほんとに、やらなくちゃいけないことで手一杯なんだ。ほんとに手一杯。夜。仕事が終わったら。娼婦のところに寄っていくよ。いつか。それとも行かないかな。娼婦のところだったら。何も起こらない。何も起こらないんだ。金を払う。何の騒ぎもない。ヒステリーも。(ヘレーネの真似をする) いいえ。行かないわ。いいえ。いいえ。いいえ。落ち着きと秩序。感情からの解放。そしたらまた働ける。落ち着いて。考えることも。それどころか。また考え始められる。やれやれ。もちろんおもしろくないさ。おもしろくない。でもいまの状態だって。おまけにやられちまう。感情ってやつ。きみたちは母親として、感情を発明するわけだ。そして一生、男たちに感情を押しつける。わかるかい。きみたちのやり方はうまいんだ。きみたちがいなければ人生は苦痛だし。そのことは人生の最初の日に学ぶ。痛み。それがきみたちの手段だ。嫉妬。背信。追放。剝奪。どんな快楽も、痛みに対する不安で彩られている。そして、おれたちみじめな馬鹿者には何が残るんだ。おれたちはめくるめく欲望にかられて、けっして見ることのないもののために闘ってるんだ。永遠のトロヤ戦争ってわけさ。美しいヘレナ。結局のところ誰も彼女を見なかった。でも。そうやってきみたちは発展を妨げている。絶えずプライベートなトラブルに引き戻されていちゃ、誰も業績なんて挙げられない。理性がなくちゃ何かに到達できないんだ。ほんとの何かには。セックスしてるときには。ひょっとしたら二秒間。何かを思い浮かべる瞬間があるな。なんていうか。快楽とか。親密さとか。それからそれぞれ別れていって、次の問題のための新たな力を蓄えるというわけさ。どう思う。よりによってきみを好きになるなんて、いい気分だったな。きみの夫とおれとは、ウマが合わないわけだからね。それどころか。だがそれもきみたちの役割なんだろうな。厄病神。永遠の厄病神。ただ。現実には、まだいくつか重要なことがあるんだ。気にかけなくちゃいけないことが。国家とか。社会とか。世界。すべて。どこにも秩序がないじゃないか。どこにも平和が。そしておれは。世界を救うかわりにここに座って、一番の政敵の妻のあそこに、充分な泡が立つのを待っている。支障なくセックスできるようにってね。そうやって、色気が悪魔をまた一日のあいだ、脇に押しのけてくれる。(彼は大仰な調子でこの台詞を言う。そのあと冷めた調子で) おれもあんまり飲み過ぎないほうがいいかな。

第10場

ミヒャエル ――（時計を見ながら）すっかり遅くなったな。

彼はまた、服を脱ぎはじめる。ヘレーネの方を振り返る。

ミヒャエル ――ヘレーネ。何してんだい。ヘレーネ。さあ、おいでよ。おいで。（彼は自分が脱ぐのに忙しい）ほら。もう三年もつき合ってるんじゃないか。一度くらい自分で服を脱いだっていいだろう。

ヘレーネはとりわけ変わった瓶を持ってオフィスから出てくると、また注意深く、集中して、瓶のなかの液体の残りをコーヒーポットに移しはじめる。

ミヒャエル ――（ボタンを外したシャツ、パンツ、靴下という格好で、ヘレーネのところに近づく）ヘレーネ。もうやる気がないのかい？

彼は瓶で作ったラインのこちら側、ヘレーネはあちら側にいる。誘惑の場面のパロディー。彼はみだらなポーズで靴下を脱ぐと、ストリッパー風にそれを空中でぐるぐる回す。ヘレーネは硬直したように立っている。彼のそんな様子を見るのは初めてで、驚くと同時にむかついている。

ミヒャエルがもう一方の靴下を脱ごうとし始めたとき、壁際のぼろ束がくすくす笑い始める。袋や古新聞、古いカーテンなどの山のなかから、笑いに咳き込みながら、これまでそのぼろのなかで横になっていたホームレスの女が現れ出る。靴下をぶるぶる振り回していた彼は、ホームレスの女を見、またぐるぐると靴下を振り回し、今度はヘレーネを見つめる。ヘレーネはコーヒーポットを手にして立っている。その間に、ホームレスの女はくすくす笑いから笑いすぎで喘ぎ始め、スモーカーが咳の発作を起こしたときのようになる。

第11場

ミヒャエルはあっという間にまた服を着始める。ソファに座り、避妊薬の説明書を探してそれを読んでいる。

ヘレーネはコーヒーポットをおろす。ホームレスの女に近づき、握手して、ビンで作った円のなかに導きいれる。完璧な女主人を演じている。ライトはばら色の、心地よい靄で二人の女性を包む。

ヘレーネ――やっぱり来てくださったのね。お入りください。先生。お入りになって。ごめんなさいね。散らかっていて。でも。おわかりでしょう。ちょっとお待ちになって。すぐに。肘掛け椅子を。

彼女はオフィスに走っていく。擦り切れた回転椅子を持ってきて、ビンで作った円のなかに置く。またオフィスに走っていき、コーヒーカップを二つ、皿に載せて戻ってくる。そこだけ光が当たっている場所に二人の女性が着席する。

ヘレーネ――さあ。くつろいで過ごしましょう。いらしてくださって、本当にとてもうれしいわ。思ってもみなかったんです。わたしがこんな。いまちょうど。また。特にひどい状態なんです。でも。先生なら想像がつくでしょう……

彼女はコーヒーポットからホームレスの女のカップに液体を注ぎ、それから自分のカップにも注ぐ。茶飲み話の雰囲気になる。ホームレスの女はホームレスの女のままで、飲み物にだけ関心を持っている。社交的なのは、一方的にヘレーネだけだ。

ヘレーネ――夫は残念ながら家におりませんの。でも。それだからこそわたしたち二人で。一度ちゃんと。お話できますわね。コーヒーはこれでよろしい？　ほんとに？　砂糖も入れるのをやめたんですの。時とともに。そうじゃありません？　やめてしまいましょう。すべてを。ええ。ええ。それは受け入れなくてはいけませんわよね。そうお思いになりません？　ですから。先生。先生がいらしてくださらなかったらどうしていたか、わかりませんわ。誰とも。ご存知でしょう。誰とも話ができないんです。させてもらえないの。夫は。離婚は不可能なんです。いまは。選挙が。おわかりでしょう。そしてボーイフレンドとも。もうずっと前からうまくいっていないんです。わたしたち結婚したかったのに。（声を出さずに笑う）わたしたちが。どんなにお互いに。でもそうこうするうちに。ご存知ですか。彼の奥さんはアル中なんです。治療はしたけど。うまくいきませんでした。すると彼は奥さんを精神病院に連れて行くんです。あいつは気が狂ってる、って言うの。でもわたし、彼が奥さんを何日も部屋に閉じ込めてたことを知ってます。寝室に。アジア系のお手伝いさんがいるんですけど。でもお手伝いさんには、何が起こっているのか、もちろんわかってませんわ。奥さんが退院してくると。精神病院から。そうすると、またたちまち飲み始めるんです。病気の妻。彼は同情を集めています。奥さんは重荷だし。それに耐えてるんですから。すごい人ですわ。病気の奥さんのことを、彼は人に会うとすぐに話し出すんです。会ったばかりのときに。

第12場

ヘレーネは立ち上がる。ビンで作った円から出る。カップを手に持ったまま。立食パーティー。ソファのそばにいる彼女とミヒャエルにスポットライトが当たる。彼は立ち上がり、すぐに背広のボタンをとめる。礼儀正しく。パーティーでの会話。

ヘレーネ――（カップから一口飲む）あら。こんにちは。あなたもいらしてたんですね。わたくしどものところでも。日曜日にございますのよ。
ミヒャエル――（非常に丁寧に）申し訳ありませんが。わたしは。どうも。
ヘレーネ――（戯れるように）そんなこと、受け入れられませんわ。ぜひ来てくださらなくては。
ミヒャエル――残念なのですが……。
ヘレーネ――何かご都合がおありなの？　おっしゃってくださいな。
ミヒャエル――いいえ。そんなことは。つまり……
ヘレーネ――どうぞ。何かお手伝いできることでも？　遠慮なく言ってくださっていいのよ。わたくしに。どうぞ。
ミヒャエル――ええ。ご存知ないでしょうか。わたしは。みなさんよくご存知だとばかり思っておりました。妻が……
ヘレーネ――何ですって。どうなさったの？　奥さまなら先週お見かけして……
ミヒャエル――ええ。また入院させなくてはならなかったんです。
ヘレーネ――病院に。まあ……
ミヒャエル――そう。そうなんです。そして。治る見込みはあまりないんです。こういった病気は。ほとんどよくなりません。

ヘレーネ――でも。それは。それはほんとに大変なことですわ。

ミヒャエル――ええ。大変なことです。でも、おわかりですか。わたしは嬉しいです、こうやって。こうやってどなたかとそのことを。おわかりですか。あまりいないんです。こうして話ができる人は。ありがとうございます。

ヘレーネ――どういたしまして。お電話ください。何か必要なものがおありのときは、わたしにお電話くださいね。約束なさって。それに日曜日のことは。そんなに重要じゃありませんのよ。

第13場

茶飲み話をする女たちの方にライトが当たる。ヘレーネはまたビンでできた円のなかに戻っていく。ホームレスの女のカップにまた飲み物を注ぎ、ぐらぐら揺れる肘掛け椅子に腰をかける。

ヘレーネ――（退屈そうに）ええ。ええ。先生がお祭しになったとおりですわ。彼はつまり、必要なものがあったというわけですの。大急ぎで。ほんとに大急ぎで。

ミヒャエルはまたソファにちょっと腰を下ろす。ヘレーネの方を見上げる。彼女も考えにふけりながら彼の方を見る。アイコンタクト。彼は立ち上がり、彼女の方に一歩歩み出す。彼女は凍りつく。飛び上がる。焦燥の様子。彼はさらに彼女に近づく。彼女は突然パニックに駆られて隣の部屋に逃げる。そこから外をうかがう。彼の脇をすり抜けようとする。ビンをひっくり返す。パニック。彼女は「強姦のシーン」がくり返されるのを恐れているのだ。舞台の中央で、ヘレーネは身をすくませる。体を曲げる。ふらふらと歩く。ほとんど倒れそうになる。なんとかソファまでたどり着き、そこにくずおれる。

ミヒャエルは彼女を見つめ、パニックに駆られている様子を観察する。ソファの後ろに行き、そこに立ち止まる。ホームレスの女は一人で酒を飲んでいる。ソファにライトが当たる。

ヘレーネは逃げる方法がわからずに途方に暮れている。究極の絶望と行き詰まり、屈従の図。

ヘレーネ/ジルヴィー――いいえ。やめて。先生。彼を入れないで。お願い。彼は。彼は。助けてください。いいえ。いいえ。わたしは落ち着いています。落ち着いています。お願い。ずっと静かにしていますから。ただ。彼が。彼が。いや。その注射はやめて。お願いですから。もう。もう耐えられません。先生。どうすればいいんです。おっしゃってください。何も信じてはくださらない。夫があなたに。夫が言うことだけをお聞きになる。わたしのことを聞いてくれるひとは誰も。誰も。

誰も。誰もいない。

ミヒャエル／ルードルフがソファの端に座る。とてもやさしそうに、父親のように愛情を込めて彼女と話すが、その際に小さな録音装置を手にしている。

ミヒャエル/ルードルフ—ジルヴィー。聞こえるかい。ジルヴィー。ジルヴィー。おいで。話してごらん。言ってみなさい。何が起こったのか。

ヘレーネ/ジルヴィー——ルードルフ。ルードルフ。あなたなの。子供の様子を見てくださるかしら。

ミヒャエル/ルードルフ—ああ。ジルヴィー。もちろんさ。きみを助けよう。おいで。心配しなくていいからね。おいで。話してごらん。

ヘレーネ/ジルヴィー——お願い。

ミヒャエル/ルードルフ—ミヒャエルと何があったんだい。あいつはきみを殴るんだろう。

ヘレーネ/ジルヴィー——あの人は。あの人は……

ミヒャエル/ルードルフ—それできみはお酒を飲む、すると……

ヘレーネ/ジルヴィー——いつも。彼はしたの。もし……

ミヒャエル/ルードルフ—そして彼はきみを寝室に閉じこめるんだね。

ヘレーネ/ジルヴィー——(うなずく)

ミヒャエル／ルードルフ—（とてもやさしく）彼はきみを寝室に閉じこめるんだね？
ヘレーネ／ジルヴィー——（苦労しながらはっきりと話す）彼はわたしを寝室に閉じこめるの。
ミヒャエル／ルードルフ—どうして彼はそんなことをするんだい。何がしたいのかな？
ヘレーネ／ジルヴィー——彼は。彼は。それを。それを。

彼女はいまにも気絶しそうになる。ミヒャエル／ルードルフは尋問しながら信じられないほど愛想よく、執拗になる。

ミヒャエル／ルードルフ—ジルヴィー。ジルヴィー。はっきり言ってくれなくちゃいけないよ。知っておかなくちゃならないんだ。わかるかい。
ヘレーネ／ジルヴィー——彼は。したの。したの。
ミヒャエル／ルードルフ—ジルヴィー。ジルヴィー。頼むよ。そしたらもう終わるから。きみがはっきり言ってくれなくては、助けられないんだ。
ヘレーネ／ジルヴィー——（非常に苦労しながら）子どもを。彼は。子どもと。
ミヒャエル／ルードルフ—きみが言いたいのは。きみの娘と彼がしたってこと？
ヘレーネ／ジルヴィー——（疲れ切ってうなずき、ささやく）助けて。誰も。助けられないの。

ヘレーネ／ジルヴィーは気を失って横たわる。ミヒャエル／ルードルフはテープを巻き戻し、確認のためにしばらく聞いている。

第14場

ライトはホームレスの女だけに当てられている。彼女は倒れたビンを次々に起こし、中味をもう一度カップに注いで空にしていく。ふたたび一杯になったカップを持って、回転椅子に腰かける。

ホームレスの女は酒を飲みながら、ソファの方に体を向ける。

第15場

ふたたびソファにライトが集中する。しかし今回は強い光ではなく、心地よい、少し柔らかみのある、リビングルームっぽい光。
ヘレーネは怠惰な、投げやりな感じでソファに横になっている。ミヒャエルがオフィスから戻ってくる。背広を脱ぎ、それを注意深くどこかに掛ける。ネクタイを外し、それを背後の事務用ロッカーにおく。

ミヒャエル／ルードルフ―ただいま。
ヘレーネ―おかえり。
ミヒャエル／ルードルフ―どうだい。きみの調子は？　何か変わったことは？
ヘレーネ―ないわ。
ミヒャエル／ルードルフ―ところで。きみの彼氏について、ぼくはおもしろい情報を仕入れたよ。
ヘレーネ―どの彼氏？
ミヒャエル／ルードルフ―ほら。編集長どのだよ。
ヘレーネ―あらそう？
ミヒャエル／ルードルフ―彼の奥さんが何もかも認めたよ。
ヘレーネ―奥さんが何を知ってるっていうの。だって彼女は……
ミヒャエル／ルードルフ―そうさ。彼女は。でもね。病人を引き渡す側が本物の病人だってこともあるだろう。きみはいつもそう言ってるじゃないか。きみたちが。犠牲者だって。そしておれたちが。加害者ってわけだ。

ヘレーネ ――そうよ。それで？

ミヒャエル／ルードルフ ――まあ。いずれにしても。奇妙なことがいろいろとわかったぜ。人間って奴はひどいもんだね。それだけは言えるな。

（沈黙）

ミヒャエル／ルードルフ ――きょうは何かしたのかい。ソファの上にいる以外に。

ヘレーネ ――ええ！

ミヒャエル／ルードルフ ――そうかい？　で、何をしたの？

ヘレーネ ――わたしは考えたのよ。

ミヒャエル／ルードルフ ――ところでおれたちが出演したビデオはうまく撮れていたよ。きみもとてもきれいに見える。すごく納得のいく感じだ。

ヘレーネ ――そう？　ほんとに？　じゃあもうわたしの仕事は終わりね。もうわたしは必要ないでしょ。

ミヒャエル／ルードルフ ――おれたちはまさに。まさに生きる喜びにあふれて見える。すごくいい印象を与えることができるぞ。どの階層の有権者に対しても。よかったんだ。きみがあのエレガントすぎる服を着なかったのが。

ヘレーネ ――つまり。もうわたしは要らないってことね。これで選挙戦は片づいたわけでしょ。

次の選挙のためにはわたしの影武者を探してね。

ミヒャエル/ルードルフ―ははあ。出ていきたいってことか。いいだろう。二、三日あいつと旅行しろよ。きみにはそれが必要なんだろう。もっともいまのおれにはあいつは少々不気味に思えるけどね。それに。あいつには幻想を抱いてほしくないね。今度は決定的だからな。

ヘレーネ―――どう決定的なの。

ミヒャエル/ルードルフ―不利な証拠ってわけさ。法律的に言えばね。

ヘレーネ―――(くすくす笑いながら好奇心をあらわにして)不利な証拠ですって。それは結構ね。

ミヒャエル/ルードルフ―そうさ。テープってのはなかなか手に入りにくい証拠だからな。いずれにしても、奴はこの選挙戦ではもうおれに手出しできない。そう彼にお伝え願えるかな。

ヘレーネ―――テープですって。やめてよ。そんなものだけなの。カセットテープでしょ。誰かがはあはあ喘いでいるだけの。だって。そんなよがり声、どうやって区別できるの。テープで。お尋ねするけど。

ミヒャエル/ルードルフ―何言ってんだ。誰がそんなのものに興味持つかい。もっと違うものなんだよ。おばかさん。

ヘレーネ―――ほかのもの? セックスじゃなくて?

ミヒャエル/ルードルフ―セックスはいつでも問題になるさ。でもこれは。お聞きよ。

テープの内容がスピーカーから聞こえてくる。彼女は彼に駆け寄ると、手からテープレコーダーをひったくって電源を切る。

ヘレーネ――どうしてこんなもの手に入れたの。

ミヒャエル/ルードルフ―はは。知らせてくれる人があったのさ。ちょうどいいタイミングでね。

ヘレーネ――これは。こんなものは。こんなもの持っていちゃいけないわ。

ミヒャエル/ルードルフ―そのテープはきみに渡しておくよ。全部公証人のところにあるから。オリジナルはいつも公証人に預けるんだ。こういうケースはね。

ヘレーネ――あんたは人でなしよ。ああ。あんたたちみんな人でなし。

ミヒャエル/ルードルフ―きみが考えた結果がそれかい？　きみの到達した結論かい？　そう？　おやおや。いったいきみって人は……

ヘレーネ――どうなっちゃんたんだ、って言いたいのね。ええ、ええ。

ミヒャエル/ルードルフ―いったいきみはこれからどうしようと思っているんだ。きみ自身を？　一日中ソファに寝そべって。どうして何もしないんだ。何かを。これじゃすっかり。だってきみは大学も卒業してるんだろう？　きみはこのままじゃ……

ヘレーネ――それで。何をすればいいの？　言ってちょうだい。貧しい人のために。それとも芸術のために。娼婦のために何かしたっていいわよね。あなたが可愛がっている黒人のテクニシヤンたちのために。

ミヒャエル/ルードルフ ―何かしろと言ってるんだ。働くとか。活動を。ヘレーネ。そのほうが元気も出るよ。自分の場所があるほうが。課題なんかが。

ヘレーネ ―――あなたはいったいどうするの。いま。いまはもう全然黒人のマリアのところにも行けないわよ。(テープを高く掲げる。)これが大急ぎで必要だったわけね。そして? いまではお互いに追いつめあってるってわけ。でしょ? ミヒャエルはあなたの写真を持ってるし。あなたはこのテープ。彼の奥さんの。いまではあなたたち、前と同じようにやっていけるわよ。すべてが丸く収まって。すてきじゃない?

第16場

ヘレーネは嬉しそうに録音装置を振り回す。またビンで作った円のなかに行く。ライトもそちらに移動。ミヒャエルは暗いなかでソファに座っている。

ヘレーネはまたホームレスの女のそばに座り、信頼に満ちた様子で彼女と話す。第9場のときと同じ調子。

ヘレーネ――――でもいまは。いまはすべてが丸く収まったんです。一人は写真を持ち。もう一方はテープ。これでよし。おわかりですか。先生。あなたにだから申し上げられます。理解してくださるでしょう。わたしはもちろんお医者さんたちと話しました。彼の問題について。彼はお医者さんにかかれなかったんです。彼はいつも不安なんです。何か自分のためにならないことが、どこかに書き残されたり。保存されたりしないかと。そんなことです。それに彼はもちろん正しいわ。スキャンダルになりますもの。こうしたことは全部、なんらかの形で彼の母親の問題とかかわっているんですわ。さらに、父親のこととも。いずれにせよ息子たちは寄宿舎に入れました。彼から引き離して。それも間違いだったのかもしれませんが。(2)そうお思いになりますか。シンガー先生。シンガー先生。もう一杯お飲みになりますか。もしかして?

第17場

「シンガー先生」という言葉を合図に音楽が流れ出す。信じられないほど酔っぱらい、落ちぶれた人物であるホームレスの女が、ビンのあいだに膝まずき、プレイバックで「トスカの祈り」(3)を歌い出す。

背景には有名な歌手の録音が流される。ライトはホームレスの女に集中する。青か緑の光で——いずれにせよ、この「無実の弁護」のありえなさが賑々しく効果を発揮するように。

第18場

音楽は、シンフォニックな音から、ピアノでぽろぽろ演奏する「エリーゼのために」に変わる。ピアノ演奏は奇妙に音を引き伸ばしながら、第18場全体のバックに流れる。

ライト、ミヒャエルとヘレーネに。彼はソファに座っている。疲れて。疲弊しきって。苦しんで。彼女は通路の窓に歩いていって、外を眺める。二人とも、そのままの姿でいる。しばらくのあいだ。ライトは柔らかく、心をくすぐるよう。

そのあとで、突然彼が立ち上がる。彼は決然とした様子でヘレーネの方に歩いていく。彼女の肩をつかみ、自分の方に向かせる。外の、通路の窓の向こうからは、パトカーのサイレン(4)が接近してくるのが聞こえる。サイレンが止まる。パトカーの青い光が窓の向こうに見える。ヘレーネとミヒャエルの影が青い光のなかに浮かび上がる。二人は見つめ合っている。じっ

ワイキキ・ビーチ。

と、集中して。

二人の会話は情熱的に、スピーカーから聞こえてくる。

ミヒャエル――ヘレーネ。ヘレーネ。

彼女は彼を見つめる。それからまた窓の方を向く。観客に背を向けて。何秒間かそのまま。青い光。「エリーゼのために」。彼も窓の方に向く。二人とも観客に背を向けている。そのあと、突然彼女が振り向く。

社交的な口調。

ヘレーネ――明日はまた雨が降るかしら？

ミヒャエル――（思い詰めたような情熱的な調子で）ヘレーネ。どうしてダメなのですか。

ヘレーネ――（とてもソフトに、やさしく、理解にあふれて）意味がありませんもの。ミハイル・ミハイリョフ。わたしたち、お互いに忘れ合わなくては。あなたは明日お発ちにならなくてはなりません。そして、わたしとは一度も会ったことはなかったとお考えくださいまし。

ミヒャエル――ヘレーネ。ヘレーネ。

ヘレーネ――ミシュカ。おわかりでしょう。意味のないことです。お互い、不幸を担いつつ生きていきましょう。感謝しながら。ええ。わたしたちが知り合ったということを感謝して。わたしたちは、たいていの人よりも多くを経験したのですわ。

ミヒャエル――本気ではないでしょう。本気でおっしゃっているのではありませんね。わかっています。

ヘレーネ――どうしてわたしを苦しめるのですか。意味がありませんわ。それに間違っています。そんなことするとしたら罪ですわ。わたしたち、けっして幸せになれません。

ミヒャエル――互いに愛し合う運命だと、わたしにはわかっているのです。わかるのです。

ヘレーネ――わたしにはただ、わたしたちが後悔するだろうということしかわかりませんわ。永遠が。ミハイル。永遠の扉はわたしたちの前で閉ざされたままになるでしょう。そして、それならばわたしたちはどうやって。幸せを見つけられるでしょう。永遠の祝福がなければ。

ミヒャエル――わたしたちは自分たちに与えられた一秒一秒を、永遠に変えられるのです。ヘレーネ。あなたこそわたしの運命の人です。

ヘレーネ――わたしにはできませんわ。子どもたちが。わたしの生活が……。あなたは来るのが遅すぎたわ。（二人は互いにすぐそばにいる。彼女はささやく）あなたは遅すぎたのです。それとも早すぎたのか。ミーシェンカ。早すぎたのかしら。

ミヒャエル――ヘレーネ。わたしたちは運命に従わなければ。逃れることはできません。

ワイキキ・ビーチ。

二人は互いの腕のなかにくずおれ、ソファにたどり着く。スピーカーからは、非常に古い映画を上映しているときのような、ざわざわいう音が流れてくる。同時に、古い映画の画面のような、ちらちらする光が背景に投影される。

カップルは用心深く抱き合っている。「エリーゼのために」。青い光。ちらちらする光は引き裂かれたフィルムの茶色い穴に変わる。その光のなかでは何もかもがよりサロンっぽく見える。ホームレスの女さえも、安酒を優雅に飲んでいる。

この場面は、「外が吹雪いているときの、夜のサロン」調に見える。

第19場

突然スキンヘッドの男が現れる。しばらく18場の光景を眺めている。彼が話し始める瞬間に、舞台にネオンライトがつく。

スキンヘッドの男は非常に背が高くて頑強で、圧迫感を与える外見である。彼はしゃべるときにどもる癖があるが、それは彼が言葉の最初に間違って息を吸ってしまい、そのために息が苦しくなって、音節を飛び越してしまうのが原因である。彼の話し方は、感動的なほど単純でどうしようもない彼のキャラクターを表している。

スキンヘッド――ふううう？

ヘレーネは立ち上がり、洋服を直す。ミヒャエルも飛び上がり、ネクタイを直して背広のボタンをはめる。

ミヒャエル――（支配者然として）きみは誰だね？　ここで何をしようというんだ。誰がここに入ることを許したんだね。

スキンヘッド――ふううう？

ヘレーネ――（とても親切そうな社交界の貴婦人ぶりを発揮して）たぶんドアが開いていたんでしょうね。きっと道に迷ったのね。そうでしょ？

スキンヘッド――おおおおおれは、こここここで、はははははたらかなくちゃ。そそそそそううううじ。

ミヒャエル――なんだって。そうは思えないな。いったいここで何をしたいんだ。こんな時間に。そんな馬鹿げたこと。出ていきたまえ。聞いてるかね。消えろと言ってるんだよ。

ヘレーネ――（雰囲気を和らげようとして）あなた、住所を間違えたのね。この建物はもうじき取り壊されるんですよ。わかります？　もうここでは掃除は必要ないのよ。一番いいのは。わたしたちみんながここから出ていくことね。

スキンヘッド――おおおおおれは、そそそそうじしなくちゃ。これは、めめめめめいれいなんだ。

ミヒャエル――なんだって。じゃあいまはわたしが、消えろと命令するよ。

スキンヘッドの男は、構わずにオフィスのなかに入っていく。また出てきて、回転椅子で眠り込んでいたホームレスの女にぶつかる。彼は女の前に立ち止まり、長いこと見つめている。外ではまた短くパトカーのサイレンが聞こえる。

ホームレスの女はスキンヘッドに見つめられて目を覚ます。酔っぱらっており、ふらふらしている。彼女はスキンヘッドが自分の前に立っているのを見る。

ヘレーネとミヒャエルは用心深くドアの方に歩いていっているが、これから展開される場面に魅了されて、それを眺めている。

第20場

スキンヘッド――ママ？　ママ。

ホームレスの女――ブルリかい？　ああ。ブルリじゃないか！

ホームレスの女はよろけながら立ち上がる。スキンヘッドに向かい合って立つ。二人はお互いににやりと笑い合う。

二人が同時に、

ホームレスの女――聞こえるかい。ブルリ。言ってごらん。

スキンヘッド――ママ。ママママ。

ホームレスの女とスキンヘッドは互いにぶつかり合う。はにかんだような、粗野ながらも心のこもった態度。彼女は息子の禿頭を一度撫でて、くすくす笑う。しかし、二人はその後また互いへの関心を失ってしまう。スキンヘッドは脈絡を失ってそこに立っている。ホームレスの女はまたアルコールを探し始める。

ミヒャエルとヘレーネは背後でこの様子を眺めている。ミヒャエルは頭を横に振り、ヘレーネは少しだけ感動している。

第21場

ドアがばたんと開く。愚連隊のリーダー、ミックが登場する。彼のグループのメンバーが一人最初に入ってきて、あちこちを調べ、もう一つのスイッチを入れる。明るいライトがつき、その場の荒れ果てた様子が細部まで浮かび上がる。

ミックは背の低い、沈着な猫のような男で、しなやかで音を立てない歩き方をし、みんなを――観客のことも――じろじろ見つめる。

愚連隊はスキンヘッドでもいいし、そうでない男が混ざっていてもいい。彼らのうちの一人はカメラを持っていて、ひっきりなしにフラッシュをたいて写真を撮っている。

ミックはソファの後ろに立ち、その場の様子を眺めている。観客を眺める際には、何度かみだらなにやにや笑いをしてみせる。彼は絶えずその場にいる者すべてに顔を向ける、というわけで観客の方にも向く。

ミックと目が合うと、スキンヘッドはバイク用ブーツのかかとをうち合わせ、どもりながら言う。

スキンヘッド――ハイハイハイハイル・ミミミミミック！
ミック――ハイル。
愚連隊――ハイル・ミック。

ミックは歩き回る。すべてをじろじろと見る。ふたたび、みだらに、挑むように、観客と向かい合う。

ミック――（カップルの二人に向かって）これはこれは。どなたがいらっしゃるのかな。
ミヒャエル――（男同士の連帯感にアピールしようとして、まだクールに）夜の遠足ですよ。うまくいかなかったけどね。ぼくの見るところでは。
ミック――そして市長夫人。これは市長夫人じゃありませんか。だと思いますがね。あんたたち、ホテルに泊まる金もないのかね？　ええ？
ヘレーネ――（苦境に陥った社交界の貴婦人風に）おわかりかしら。これは……（ミヒャエルが彼女に、黙っていろと合図する。彼女は不安そうになって言葉を切る）むずかしい状況ね。
ミック――（二人の周りをぐるぐる回る）想像もできませんな。何かむずかしいことがあるなんて。市長夫人にとって。

ミックは突然ミヒャエルの方に向き直り、彼の周りを回る。

ミック――節約。おれたちは節約しなくちゃならない。そうだろ？　想像できないね。このこじゃれたネクタイ。カフスボタン。すべてがお約束どおりだ。それで。なんでおれたちはここにいるんだい。このぼろ屋のなかに。おい。おじさん。あんたに訊いてんだよ。

愚連隊は、ミックが「おい。おじさん」という調子に変わったところで、すぐに詰め寄ってくる。ミックはソファに飛び上がり、挑発的に跳びはねる。

ミック――お前たちの順番はまだだ。だから家に帰ってもいいぜ。きょうのところはな。まだ。

ミヒャエルとヘレーネはドアのところに行こうとする。

ミック――だけど挨拶はしてってもらうぜ。おれたちだってそんなに礼儀知らずじゃないんだ。そうだろ？

ミヒャエルとヘレーネ ──（どちらかというとそっけなく）さよなら。

ミックはソファから飛び降り、二人の行く手をさえぎる。

ミック ──ハイル・ミック！　おれたちのところではそう言うんだ。

ミヒャエル ──（かっとなって）だがこっちではちがうのさ。さよなら。

ミヒャエルはヘレーネの手を取る。愚連隊が近づいてくる。フラッシュの光。双方が対峙する。一方にはミックと愚連隊、他方にはヘレーネとミヒャエル。スキンヘッドとホームレスの女は、関係ないところにいる。ホームレスの女は飲み続けている。沈黙。ミックはミヒャエルをにらみつける。

ミック ──さよならじゃ充分じゃないな。

ミヒャエル ──もういいじゃないか。もう行くから。さっさと。おれがどう挨拶するかなんて、どうでもいいことだろ。

ミック ──ところがおれたちには重要なことなんでね。

ミックはミヒャエルのところに行く。彼の内ポケットをつかんで札入れを取り出す。愚連隊が近づいてくる。ミヒャエルとヘレーネはビンがおいてあるところに押し戻される。ミックはミヒャエルから目をそらすことなく、手下の一人にミヒャエルの札入れを渡す。ミックの手下は札入れを開き、その中味を一つ一つソファの上にぶちまけながら、数え上げる。

愚連隊の男 ――（決まりきった祈りの文句を唱えるような口調で）ミヒャエル・ペチヴァル名義のアメックスのカード。ミヒャエル・ペチヴァル名義のダイナースクラブのカード。ミヒャエル・ペチヴァル名義のユーロ・チェックカード。ミヒャエル・ペチヴァル名義のゴールデンカード。ミヒャエル・ペチヴァル名義の自動車クラブメンバーズカード。ミヒャエル・ペチヴァル名義のコロニークラブメンバーズカード。ミヒャエル・ペチヴァル名義のカントリーゴルフクラブのメンバーズカード。免許証。ミヒャエル・ペチヴァル。一九四六年一月十日生まれ。〇〇市発行。

ミック ――ミヒャエル・ペチヴァル。ミヒャエル・ペチヴァル。聞いたことある名前じゃないか？

ヘレーネ ――（かっとなって）彼は編集長なのよ。日刊新聞の。（適当にありそうな新聞名をつけること。）そういえばわかるでしょ。これ以上困らせないほうが身のためよ。何もしないで。

ミック ――いやだね。なんてこった。レディーがお怒りになったぞ。編集長か。（ヘレーネの真似をする）編集長なのよ。日刊新聞の。（突然ぶち切れる。我を忘れて叫ぶ）そこだ。そこだ。ロッカーに。奴を閉じこめろ。ロッカーに。この豚野郎を。

愚連隊はミヒャエルに飛びかかる。彼をロッカーのところに引っ張っていく。なかに押し込める。大騒ぎ。ヘレーネは叫ぶ。フラッシュの光。彼らはロッカーに鍵をかける。ミヒャエルはロッカーのなかでわめき、暴れる。愚連隊の一人がミックのところに鍵を持ってくる。ミックはすぐに落ち着く。すべてが信じられない早さで進行する。ヘレーネはどうしようもなく、啞然としてそこに立っている。ロッカーからはくぐもった叫び声とノックの音が聞こえてくる。

第22場

ワイキキ・ビーチ。

ミックはヘレーネに対して、テレビの娯楽番組のなかの、スターをゲストに迎えるコーナーのインタビュアーのような態度をとる。非常に愛想よく、親しげに。観客も取り込んで。

ミック――――さてそれでは、今夜の有名なお客様をお迎えしましょう。お客様は女性の方です。おいでくださったのは、ヘレーネ・ホーフリヒターさん。市長夫人です。

愚連隊の拍手。カメラマンが写真を撮る。ホームレスの女も、大声で同調する。ヘレーネは困り切って、うろたえつつそこに立っている。ミックが彼女の手を取り、ソファのところに連れていく。ミヒャエルがロッカーのなかで騒いでいる。

ミック――――よろしいですか。ここに。こうやって。そうです。ここに座りましょう。こうやって。どうぞ。あなたもおかけになって。そう。（二人にライトが当たる）そう。さて。市長夫人。お訊きしたいのですが。市長夫人と呼ばれるのはお好きですか。嫌だと思いますか、それとも誇りに思いますか。

ミヒャエルはロッカーのなかで騒いでいる。ヘレーネはしょっちゅうミヒャエルの声が聞こえてくる方を振り返るが、次第にテレビでインタビューされている人の役割に入り込んでいく。ロッカーを叩いたりわめいたりする音は消えない――実際の状況を思い出させるために。

ヘレーネ――――ええ。つまり。

ミック――わたしがうかがいたいのは。喜んでおられるのですか。こんな地位にあると、具合の悪いこともあるでしょう。みんながあなたを知っているわけですから。人に知られることなしには、どこにも行けないわけですから。

ヘレーネ――ええ。おわかりでしょう。それはときには大変なこともありますわ。でも。理解していただけるかしら。大勢の方がいらっしゃるんです。つまり。とてもご親切な方々が。そして、わたしに会うことを喜んでくださる方々や。夫の仕事に対して、心からの関心を寄せてくださる方々が。

ミック――つまり、満足しておられると。

ヘレーネ――ええ。もちろんですわ。だってとてもすばらしい役目なんですもの。これらすべての人たちのために存在して。お手伝いできるということは。

ミック――ではもっと個人的な質問を。市長夫人としての仕事がないときには、何をなさっているのですか？　どんなことをしていますか？

ヘレーネ――ええと。つまり。わたしは……動物を。おわかりですか。動物の世話をしていますの。ご存知ですか。田舎に家がありまして。そこに。そこに、いろいろな動物が。つまり。馬ですとか。羊ですとか。鶏もおりますの。そんなものの世話をするのが好きなんです。動物保護同盟の会長もしておりますのよ。そして、わたしはとても真剣に。動物たちを救いたいと思っておりますの。おわかりかしら。

ミック――それはぴったりだ。わたしたちの有名人ゲームにぴったりです。うかがいますが。動物の声の真似はどれくらいお得意ですか？（ヘレーネは恥じらったようにヒステリックに笑う）つまり、あなたに動物の真似をしていただきたいのです。そしてあなたのパートナー。あそこの。ロッカーのなかの。彼を連れてきましょう。でもまず、どの動物を当てさせるか、おっしゃってください。何の真似をしますか？

ヘレーネ――ええ。それじゃ。馬？

ミック――大変結構。

ヘレーネ――羊？

ミック――はい。そして？　もう一種類。

ヘレーネ――鶏を。いいえ。雄鶏を。

ミック――大変結構。では始めます。さあ。

愚連隊の拍手。

第23場

ふたたび強い、ぎらぎらしたライトが舞台を照らす。愚連隊の一人がミックから鍵を受け取る。彼らは三人がかりでミヒャエルをロッカーから連れだし、羽交い締めにしてミックのところに連れてくる。カメラマンがそのままの格好で彼の写真を撮る。

ミック――（カメラマンに向かって）じゃあ三人の写真も撮っておこう。

後ろ手に押さえられたミヒャエルとソファの上のヘレーネ、そしてミックが中央に陣取る。家族写真のように。

ミック――それでは始めよう。さて。市長夫人。そしてあんた。（ミヒャエルに向かって）市長夫人が何の真似をしているか当てるんだ。どうぞ。

ヘレーネはまだソファに座っている。馬のいななきを真似しようとする。ミヒャエルは逃げようとする。

ミヒャエル ――（叫ぶ）何なんだ、この馬鹿げた真似は。やめさせてくれ。

ヘレーネはいななく。

ミック ――ホーフリヒター夫人がどの動物の真似をしているか、当ててもらおう。そんなにむずかしくないはずだ。じゃあもう一度。

ヘレーネはいななき、哀願するようにミックの方を見る。

ミック ――全身を使って真似をしたっていいんだ。制限はないから。

ヘレーネは、馬の格好をしようとする。ソファに四つん這いになって蹄で地面を掻く真似をし、尻を揺する。

ミヒャエル――何やってるんだ。ヘレーネ！

ヘレーネは馬を演じている。

ミック――あれがどの動物なのか、言えばいいんだよ。

ヘレーネは馬になりきっている。

ミヒャエル――（ものすごく憤慨しながら）馬だ。

ミック――ブラボー。

みんなからも拍手が起こる。

ミック――すぐ次に行こう。

ヘレーネは羊の真似をするが、馬とあまり変わらない。彼女は懸命に努力する。

ミヒャエル――何をくだらんことを。（見張りの男たちがミヒャエルの体をぐいと引っ張る）

ヘレーネは羊らしくなろうと懸命に努力する。ほんのしばらくのあいだ、この演技は――ミヒャエルからも――真剣に受けとめられる。

ミヒャエル――何なんだかさっぱりわからんよ。

ミック――さあ。考えてみろよ。むずかしくはないだろう。市長夫人が田舎の家でどんな動物を飼っているか、考えればいいんだ。

ミヒャエル――でも。きみたちは動物なんか飼ってないよな。

ヘレーネは羊になりきっている。

ミヒャエル――犬。

ミック――違う。間違いだ。マイナス一点だ。だがすぐ次に移ろう。これは簡単だ。これは間違えっこない。

ヘレーネは鶏の真似を始める。床をぴょんぴょん跳ね、翼の代わりに両腕を羽ばたかせ、体から心臓が飛び出しそうな勢いでコッコッと鳴く。鶏になりきって、またソファのうえに飛び上がる。みんなが彼女をじっと見ている。
突然ホームレスの女がまたくすくす笑い始める。笑いと咳の発作を起こして、ほとんど窒息しそうになる。息もつけずにくすくす笑い、咳をしながら、彼女はヘレーネの真似をし始め、自分も鶏になって飛び回る。不器用に、くすくす笑いながら、咳をしつつ、見苦しく。みんなぞっとする。ゲームは台無しになる。ゲームは終わる。

第24場

みんながホームレスの女の方を向く。

ミック ――(またもやめちゃくちゃに憤激して)やめろ。終わりだ。終わりだ。これは何だ?

愚連隊が酔っぱらってよろよろしているホームレスの女をミックの前に引っ張ってくる。ミヒャエルはみんなの気がそれたのを利用して、気づかれずにドアから忍び出ていく。

みんなが脅すようにホームレスの女を取り囲んでいるあいだに

ヘレーネ――(みんなをなだめようとしつつ、気高い様子で) ああ。その人はここで寝ているだけですわ。

ヘレーネはたちまち、ホームレスの女から軽蔑の目を向けられる。

ミック――(冷たく、辛辣に) こいつ、匂うぞ。すげえ匂う。信じらんねえ。片づけちまうべきじゃなかったのか。とっくによう。この若造が。

ヘレーネもミヒャエルと同じように逃げようとする。

ミック――(めらめらに怒って) このばばあをつかまえろ。ペチヴァルの奴は逃げた。さっさとずらかりやがった。くそ。くそ。くそ。お前たちときたら。無能だ。無能。五分もすればポリ公が来るぞ。その女たちをやっちまえ。聞こえたか。今度は失敗するなよ。聞こえたか。

ヘレーネは舞台の中央に立っている。まだ誰も彼女を攻撃しない。しかし愚連隊はホームレスの女に詰め寄っていく。

ヘレーネ――（まだサロンの仲介者の名残を残して）何をするんですか。出て行きなさい。みんなが行ってしまえば、誰にも何も起こらないでしょ。さっさと行ってしまってください。わたしは誰にも……

ミック――（聞こうともしないで）最初はばばあの方だ。命令だぞ。

スキンヘッドの男が最初にホームレスの女につかみかかる。ホームレスの女は何のことがわからずに、床をはいずりながらアルコールを探している。

ヘレーネ――（何が起ころうとしているのかをついに理解して、ミックに駆け寄り、金切り声で、ヒステリックに）そんなこと。そんなことさせちゃいけないわ。あの人は彼のお母さんなのよ。彼にはそんなこと。あの人はさっき彼女に「ママ」って言ったのよ。「ママ」って。彼女に言ったのよ。「ママ」って。

ミック――この区域をただちに掃討しろ。記録はしっかり取るんだ。みんな、わかったな。

ミックの手下たち――おっす！

第25場

ライトが消える。「トムとジェリー、仲良くけんかしな」の音楽。女たちは甲高い声で叫ぶ。ミックがスピーカー越しに「写真」と叫ぶと、舞台にぎらぎらしたライトが当たる。そのたびに、破壊の様子が段階を追って示される。

二人の女たちは、愚連隊の二つのグループのあいだをあっちこっちと追い立てられる。愚連隊はその仕事を専門家の静かで好意的な正確さでもってやってのける。そのためいっそう、ヘレーネの限りないパニックぶりと酔っぱらったホームレスの女の無理解ぶりが際だってくる。信じられないような血の海が広がる。その荒廃ぶりは、空き巣が家のなかのものをめちゃくちゃに壊していくのに似ている。ミックの「写真」という叫び声と、背景の音は、地獄のような激しさに変わっていく。

ぎらぎらしたライト。女たちは殴り倒されている。舞台のうえはカオス状態。

ヘレーネの体はソファに横たえられる。ホームレスの女はそれと並行に床に横たえられている。ミックとお供の者たちがポーズをとってソファの後ろに立つ。カメラマンは、狩人と獲物の記念写真を撮る。
その間に、

ミック――（愚連隊と一緒になって抑揚をつけながら）
はは！　彼らが斧の下で身を縮ませ、
子牛のように泣きわめき、蝿のようにひっくり返るとき、
われらの瞳はくすぐられ、耳は喜ぶ。

ミックと供の者たち、整列して退場。あのスキンヘッドの男だけがどっちつかずにその場に残る。彼が母親のところに行き、彼女のそばの床に座り、その手を取ると、ライトがさらに明るくなる。
スキンヘッドと母親は、ピエタ像（受難のキリストを抱くマリア像）の逆の姿勢になる。

第26場

ライトがさらにきつくなる。すべてを照らし出す白熱灯で、破壊の様子を隅々まで浮かび上がらせる。三人の太った女たちが第一次世界大戦時の看護婦の服装で現れる。どの看護婦も、年老いた、ぶるぶる震えていて目が見えない男性を一人連れている。年老いた男たちは、かつてはアイスキュロス劇のコスチュームでもあり得たかもしれないようなぼろを身にまとっている。

（以下の場面は古典ギリシャ語で上演してもよい。アイスキュロスの『アガメムノン』(5)、第一三四七行から一三七一行までである）

三人の太った女たちは老人たちを連れて注意深く死体とスキンヘッドのそばを通り、ヘレーネがビンで描いた境界線のあたりで立ち止まる。

三人の太った女たちは死体の反対側を通ってドアの方に戻ろうとするため、死体はコロスに囲まれることになる。（この情景は威厳に満たされていなければならない）目の見えない老人たちはくりかえし自分の前の虚空をつかみ、落ち着きがない。

三人の女たち——いたましきかな、人生というもの！　幸福がほほえみかけたと思えば、たちまち影に覆われる。幸福に恵まれない人は、濡れた布巾の一振りで姿を消されてしまう。これほど嘆きにふさわしいことが他にあろうか。

三人の老人たち——すでにあの企みが実行に移されたことは、血の匂いが示している。

第一の老人——どうすればいいか、皆で相談しようではないか？

第二の老人——わしが思うに、市民の人々を大声で呼び集めるのが一番確実ではないか。

第三の老人——わしはぐずぐずせずになかへ押し入るのがいいと思う。そして、引き抜いたばかりの剣を調べるのじゃ。

第一の老人——わしもそれと同じ意見じゃ。急いで行動するべきで、ためらうのはよくないこと。

第二の老人——どの意見にすべきか、わしはどうも決められぬ。暗殺者の側につくのが一番いいとも思えるが。

第三の老人——わしも同意見じゃ、というのも、われわれの見解が死者を甦えらせるわけではないからな。

第一の老人――臆病な方法で自分の命を救うなど、真に避けたいもの

王家の名を汚した者たちを主君に迎えるなどとは？

第二の老人――いや、そんなことにはけっして耐えられぬ！

暴君に歓声をあげるよりは、死ぬほうがましじゃ。

第三の老人――あの叫び声から、われわれは

予言者のように、殿が殺されたと結論してもよかろう。

第一の老人――もしそのことをはっきりと知っているのであれば、相談するのもよかろうが。

はっきりと知ることと、推量するのは、別の事柄じゃて。

三人の女たち――今後はどのような行いも、神々の憤激と恨みをかうことはありますまい。

どのような殺人の罪も、いまは赦しましょう。

隣人の苦しみについてともに嘆き、その辛さを終わらせ、

そこから逃れて癒されるようにすべきなのです。

三人の震える老人たちは、看護婦に連れられて出ていく。

三人の老人たちは何千年も前からそうであるように、(6) またもや役目を果たさず、罪ある者を隠蔽してしまった。それに呼応して、復讐の女神たちからは手荒く扱われる。

第27場

舞台はコロスの退場のあと、たちまち暗くなる。と同時に、外で一台の車がタイヤをきしませながら停まる。ライトが外から、殴り殺された女たちの上に当たる。スピーカーを通して足音が聞こえてくる。

ドアがばたんと開く。ミヒャエルとルードルフが駆け込んでくる。ルードルフは手にピストルを持っている。ミヒャエルがネオン灯をつける。ルードルフはドアのところに立ちすくむ。あたりを見回す。二人は一緒にゆっくりと死体のところに行き、ソファの後ろに立つ。二人ともよく似た服装をしていて、トレンチコートに帽子というスタイルである。

ミヒャエルとルードルフ――ヘレーネ。

ミヒャエル――ヘレーネ。なんてこった。(跪く。しかし、血でべとべとになった死体に、もはや触れようとはしない)

ルードルフ――彼女は。彼女は……

ワイキキ・ビーチ。

ミヒャエル――彼女は。（立ち上がる。西部劇のような偉大なる男性的悲劇。二人は帽子を取る）

沈黙。

ルードルフ――（声を詰まらせながら）彼女は美しい女性だった。
ミヒャエル――（声を詰まらせながら）ああ。そうだった。
ルードルフ――もっとも美しい人の一人だった。
ミヒャエル――そうだ。もっとも美しい人の一人。

沈黙。
男たちは帽子をかぶり、互いに向き直る。

ルードルフ――それで。これからどうなる？
ミヒャエル――警察が五分以内に到着する。
ルードルフ――そして。きみはどの役をやるんだ。
ミヒャエル――どの役もやらないよ。ぼくたちは巻き込まれたんだ。愚連隊が来て。スキンヘッドたちが。

ルードルフ――――それでどうして彼女がここに倒れているんだ。きみじゃなくて。

ミヒャエル――――なぜって。ちょっと待てよ。彼女はどうしてもこのばあさんを助けたかったのさ。口を出さなきゃよかったのに。奴らはおれたちのこと全然狙ってなかったのに。

ルードルフ――――これが世間に知れたら。おれは終わりだ。どうやってこんな事件を説明しろというんだ。極右の奴ら、と言ったな?

ミヒャエル――――たぶん。そうだ。

ルードルフ――――それじゃ間違った印象を与えちまうんだ。こんなときに限って。外国で報道されたりしたら。おれは失業だ。

ミヒャエル――――きみの奥さんは。心臓病だったことにしよう。ここから連れ出そう。きっとできるさ。きみはもう。選挙まであとどれくらいだい……。

ルードルフ――――七週間だ。

ミヒャエル――――時間は充分ある。葬式。埋葬。そしたらきみは、ずっと市長でいてくれ、と乞われるだろう。そしてきみは市長として残る。奥さんを失ったんだから。自分が何のために生きていくのか知りたい、と言うんだ。再選だ。絶対過半数だ。そうでなくちゃいけない。すべては子どもたちのため。すべて子どもたちのためにやっている、と言うんだ。

ルードルフ――――きみが応援してくれるのか?

ミヒャエル――――ああ。

ルードルフ――発電所のことも？
ミヒャエル――ああ。
ルードルフ――空港の拡張工事も？
ミヒャエル――ああ。
ルードルフ――病院改革も？
ミヒャエル――ああ。
ルードルフ――劇場総監督の更迭も？
ミヒャエル――ああ。
ルードルフ――住宅の不法占拠者も。外国人の選挙権も。きみのリベラルな知ったかぶりも終わりだな。
ミヒャエル――ああ。
ルードルフ――万国博は？
ミヒャエル――ああ。
ルードルフ――オリンピックは？
ミヒャエル――ああ。
ルードルフ――至るところで労働市場が活気づいていると報じてくれるか。
ミヒャエル――ああ。

ルードルフ――お互いをよく理解し合うために。きみは編集長のままだ。少なくとも今後十年間は。そして。おれは五年でここを去る。そうしたら連邦単位の政治をするためにきみが必要だ。わかってるか。

ミヒャエル――十年間だって？

ルードルフ――十年だ。いずれにせよ警察にここで会うのはまずい。それは明白だろう。強硬手段に訴えることになるがね。

ミヒャエル――ああ。

ルードルフ――お互い、わかってるな？

ミヒャエル――ああ。

二人はコートのポケットから小さな録音装置を取り出す。スイッチを切り、形式的にそれを交換する。握手。それから二人はまたヘレーネに向かう。彼女を床に降ろし、廊下用のひどく傷んだ絨毯のなかに彼女を転がし入れる。彼らはまた帽子を取って死体の傍らに立つ。跪く。

ルードルフ――ヘレーネ。（突然すすり泣き始める）ヘレーネ。

ミヒャエル――ヘレーネ。達者でな。ヘレーネ。

彼らは彼女を持ち上げ、外に運び出す。突然、とても荘厳な様子に見える。外に出ていくときミヒャエルはライトを消す。

第28場

静寂、それからパトカーのサイレン、青い光。指令を出す声、出動部隊のかけ声。ブーツの足音。犬が吠える声。一人の警官が、非常に光の強い懐中電灯を持って、廊下に飛び込んでくる。あちこち照らして回る。スキンヘッドの腕に抱かれたホームレスの女の死体を発見する。周りの音響に負けないような大声で叫ぶ。

警官 ——見つけたぞ。ここに死体がある。ホームレスだ。殺した男もいるぞ。

たちまち暗転。

訳注

（1）シェイクスピアの「アントニーとクレオパトラ」からの引用の部分は福田恒存訳（新潮文庫、一九七二年）を使用。

（2）「シンガー」という名前は原文ドイツ語では「カマーゼンガー」となっている。これは「宮廷歌手」の意。職業名ではあるが、ここでは女医の名字が「カマーゼンガー」であると解釈できる。ともあれ、この次の場面で女医（とヘレーネから一方的に思われている浮浪者の女）が突然歌い出すのには、「カマーゼンガー」と「歌手」の言葉遊びがある。

（3）プッチーニの歌劇『トスカ』のなかの有名なアリア。

（4）日本ならこれは「赤い光」となる。

（5）筑摩書房の世界文学大系第二巻所収の呉茂一氏の訳と対照したところ、多少の内容の違いが見られるが、以下に訳出した部分はシュトレールヴィッツが改変しつつ引用したテクストによる。また、アイスキュロスでは十二人のコロスが別々に言う台詞を、ここでは三人だけで言っているため、一人の人間の主張には一貫性はない。

（6）ここでは看護婦たちを指す。ただし、看護婦たちの最後の台詞は、アイスキュロスの「慈しみの女神たち」に出てくるアテネの発言に近い。

スローン・スクエア。

Sloane Square.

登場人物

レオポルト・マレンツィ（五十五歳くらい）
マリア・マレンツィ（五十歳くらい）
ミヒャエル・マレンツィ（息子、二十五歳くらい）
クラリッサ（ミヒャエルのガールフレンド、二十歳くらい）
フランツ・フィッシャー（四十五歳くらい）
エリザベート・フィッシャー（四十五歳くらい）
ガブリエル・ダヌンチオ
浜辺の売り子
ホームレスの女
黒人の女たち
ピンストライプの背広を着た男たち
三人のチンピラたち
地下鉄を待っている人々

ロンドンの地下鉄の、スローン・スクエア駅。

舞台の手前と奥にプラットホームがあり、線路のための溝によって隔てられている。プラットホームは舞台の端と並行になっている。手前のプラットホームには誰もいない。後ろのプラットホームにはタイルの壁があり、壁には隣のホームへと通じる通行口が開いている。ベンチがいくつかある。左手上方から下に降りる急な階段がある。線路のうえには通行用の歩道橋がかけられていて、そこから両方のプラットホームに降りてくることができる。

第1場

後方のプラットホームで人々が電車を待っている。他にも階段を下りてくる人たちがいる。あるいは、通行口から出てくる人たちが。緩慢に、ふだんの生活が行われている[1]。人々は待っている。待っている人々に、あとから来た人々が加わる。旅行者たちが前方のプラットホ

スローン・スクエア。

ームに現れるころには、後ろのホームは人で一杯になっている。彼らは静かに、受動的に待っている。それは日常的な、彼らの生活の流れのなかに根を下ろしている、地下鉄での移動と移動のあいだの待機である。誰も、他の人と話したりしていない。

観光客たちは階段を下りてきて、歩道橋の上でためらい、それから手前のプラットホームまでの残りの階段を下りる。それぞれが荷物を運んでいる。息を切らして。急いでいる様子。荷物を降ろす。右側にマレンツィ夫妻。左側にフィッシャー夫妻。クラリッサは舞台の中央で、旅行カバンの上に腰を下ろす。他の人々は落ち着かない様子。不安そうに。神経質なまなざしを時計に向けている。

スピーカーからの放送、「Due to an incident at Victoria there will be a considerable delay.（ヴィクトリア駅での人身事故のため、次の列車はかなり遅れます）」

この放送は聞き取りにくい。くりかえし流される。

後ろのホームで動きが起こる。人々は波のように通行口や歩道橋や階段を通って去っていく。それほど急ぐ様子もなく。おとなしく。ヴィクトリア駅で誰かが地下鉄に飛び込んで自殺したということを意味するこの放送は、人々にはよく知られているのだ。

後ろのホームは空っぽになってしまう。最後にもう一度、放送がくり返される。観光客たちは、前方のホームに取り残される。

第2場

ミヒャエル――わかった？
マレンツィ氏――いいや。このスピーカーときたら。全然聞き取れん。
マレンツィ夫人――もう飛行機に乗れないわね。
マレンツィ氏――お前なら放送がわかるはずだろう。英語を勉強したんだから。きちんと。
マレンツィ夫人――家に帰ったら、すぐビデオレコーダーを修理に出さなくちゃね。ほんとは前にやっとくべきだったのよ。もう。
ミヒャエル――（クラリッサに向かって）気分はよくなった？

クラリッサは膝に頭をのせて、旅行カバンの上にしゃがみ込んでいる。首を横に振る。

マレンツィ氏――ともかく。ここで何が起こっているのか知りたいね。ちょっとあの人たちに聞いてごらん。あそこで。

フィッシャー夫妻は左側に立っている。彼らもスピーカーの放送が理解できなかった。同じく不安そうにしている。

ミヒャエル――Excuse me please. Could you tell me when the next underground will come. We want to go to Victoria. We must go to Gatwick.（すみませんが、次の地下鉄はいつ来るのか教えていただけますか？　ヴィクトリア駅に行きたいんです。ガトウィック空港に行かなくちゃいけないので）

フィッシャー氏――No. I am sorry. We are not from here. We...（いいえ。すみません。ロンドンの人間じゃないので。わたしたちは……）

マレンツィ夫人――あら！　飛行機が一緒でしたよね。わたしたちが来るときの……

フィッシャー氏――ええ。わたしたちもきょう帰るんです。

フィッシャー夫人――いまから。十四時五十分発なんです。おたくもですか？

クラリッサ以外の人々、互いに歩み寄る。

みんな同時に、

マレンツィ氏――これはこれは。そんなことがあるもんですね。ええ、思い出しました。あなたたちは前の方に座ってましたよね。飛行機で。

マレンツィ夫人――だから。わたし、最初から言ってたでしょ。あの人たち見たことがあるって。そう思ったのよ。すぐそう思ったの。

フィッシャー夫人――あら嬉しい。嬉しいことじゃなくて？

フィッシャー氏――奇遇ですね。これは奇遇だ。じゃああなたがたもガトウィックへ行かれるんですか。

ミヒャエル――ええ。地下鉄を待ってるんですが。ヴィクトリア行きの。

間。

同じ国の人と会ってほっとした、という気持ちをあまりにもあからさまに示してしまったので、みんなちょっと戸惑っている。

第3場

男たちが左手に集まる。

スローン・スクエア。

ビデオカメラをめぐる会話。

マレンツィ氏――(フィッシャー氏に向かって) あなたのカメラはどれくらい重いんですか?

フィッシャー氏――そうですね。一・三キロはありますね。

マレンツィ氏――わたしのなんてそもそも二キロ半もあるんですよ。でもミヒャエルのは。一・二キロですよ。たった一・二キロ。これは進歩ですよね。

ミヒャエル――おまけに。三十万画素ですよ。ズームは六段階で、マクロ九から五十四ミリまでなんです。もちろんハイスピード・シャッターです。光は最低十ルクスあればいいんです。それなのにオートフォーカスでフルオートにもハーフオートにもできます。そのほうがうまく合わせられます。対象にね。そのほか、スローモーションもいろいろ変化させられます。これならほんとにいろんな可能性がありますよね。

フィッシャー氏――六倍ズームならわたしのカメラにもありますよ。日付と時間も入れられます。それが入れば全体を整理するのも楽ですしね。おわかりでしょう。わたしたち、たくさん旅行しますし。重要な機能ですよ。いつ、何を撮ったかがわかるってことはね。どこだったかってことも。もう世界中に行ってますしね。それから絞りの機能も。もちろんついてますよ。

ミヒャエル――自動ですかマニュアルですか?

マレンツィ氏――うちのミヒャエルときたら。いつも全部自分でやりたがるんですよ。わたしだったら機械に任せますね。自動で。わたしにはそれが合ってるんです。ところがミヒャエルは。全部そうじゃなくて。自動にはしないんです。

フィッシャー氏——まあ、そうですね。このカメラのいいところは。ここですよ。ほら。見てごらんなさい。これを使えば……

男たちはカメラの周りに集まって、あれこれ操作している。彼らはカメラを交換し、それを使って舞台のもう一方の端を撮影し始める。彼らはうなずきながらカメラを別の人に回し、また撮影する。

その間に、

マレンツィ氏——お宅の奥さんも神経質ですか。遅れるってことに対して。飛行機に乗り遅れることに関して。

フィッシャー氏——いいえ。家内はけっして神経質じゃありませんよ。ただ。わたしたちにとって。いつもどおりの生活というものが。やっぱり大事ですから。

ミヒャエル——母はいつも何かを逃すんじゃないかと心配していますよ。でもけっして遅刻したことなんてないんです。

第4場

舞台上のざわめきと照明がはっきりと変化する。ざわめきにはエコーがかかり脅迫的な感じ。明るすぎるほどの光が、後方のプラットホームの上に灯される。男たちはビデオカメラをいじり回すのをやめる。女たちはこれまでは周りに立って眺めていた。マレンツィ夫人とフィッシャー夫人は右側に。ためらいながら。マレンツィ夫人が思い切って会話を始める。

マレンツィ夫人――素敵なジャケットですこと。そのお召しになっているのは。ここでお買いになったの？

フィッシャー夫人――いいえ。このジャケット？　とんでもありません！　これは。とっても古いんですよ。いいえ。もうずっと前から着てるんです。

間。

マレンツィ夫人――わたしはセーターを買いましたの。おわかりでしょ？　イギリスのウールは。やっぱりね。娘のセーターですけどね。ここのウール製品は。とてもいいでしょ。もちろん。安くはありませんけどね。でも品質が。ぜんぜん違いますものね。

フィッシャー夫人――ええ。まったくそのとおりですわ。品質がね。あんないいウールは。見つかりませんわ。うちの方では。ぜんぜん違いますよね。おっしゃるとおりですわ。

黒人の女たちが、階段を下りて後方のプラットホームに来る。沈黙の行進。彼女たちは黒くて丈の長い衣装をまとい、髪の毛も黒い布で包んでいる。厳かに、落ち着いて通り過ぎていく。とてもゆっくりと。後方プラットホームでのこの出来事は、オペラのように大仰でなくてはいけない。その間に、

マレンツィ夫人――ええ。おっしゃるとおりですわ。ほんとに。品質が。ところで。食事はどう思われました？　つまり。なんだか。うまく言えませんけど。でもお茶はよかった。そう思われません？　お茶は。すぐにお茶用のポットを買いましたわ。（旅行バッグのなかをかき回して電気ポットを取り出す。フィッシャー夫人にそれを見せる）ほら。ごらんになって。これを差し込めばいいだけなのよ。するとお湯が沸くの。すぐに。

フィッシャー夫人　――ええ。それはほんとに便利ですわよね。イギリスにはそんなものがあるのよね。便利なものが。うちの近所でも見かけましたけどね。でも。うちの方じゃとても高かったわ。

マレンツィ夫人――ええ。これを買ってとてもよかったと思うわ。役に立ちそうですものね。コーヒー用にもね。コーヒーのお湯に。家で。

フィッシャー夫人――ええ。また家に戻るんですね。わたしは。旅行しているのが一番好きなんですけれど。好きなんですよ。外に出ているのが。世界中を旅して回るのが。一生旅し続けたっていいわ。

マレンツィ夫人――わたしはそれはしたくありませんわ。もちろん。わたしが言いたいのは。旅行は素敵ですわ。たしかに。でもね。家にいるのだって。わたしが言いたいのは。家にいる方が。

黒人の女性たちが舞台の後方を通っていく。夫たちは妻たちを撮影している。女性たちが前面に出る。クラリッサは旅行カバンの上に座っている。くずおれそうになって。一瞬、黒人の女たちが立ち止まって、この世のものとも思われない美しいコーラスを歌い出せばいいのに、という気持ちにさせられる。
黒人の女たち、退場していく。

第5場

突然三人のチンピラたちが連絡通路用の歩道橋の上に立つ。彼らは旅行者たちを眺める。すべての照明が彼らの方に向けられる。その瞬間暴力沙汰が起こる。歩道橋の上での乱闘。激しく。バタバタという足音。衝撃音。叫び声。喧嘩の際の物音。一本のナイフがきらりと光る。長く引っ張った断末魔の叫び。喘ぐ音。一人のチンピラ（人形）が歩道橋から後方のプラットホームに投げ落とされる。

すべての音はスピーカーから流れる。このシーンがくりかえされる際にも、同じ効果音が使われる。

旅行者たちはホームの右側に寄り集まる。フィッシャー氏はすべてをビデオで録画した。ミヒャエルはクラリッサを連れてきて、自分の側に抱き寄せる。すべてが非常にすばやく進行する。

第6場

第3場と同じ照明。

フィッシャー氏はまだビデオを回し続けている。プラットホームの端まで行き、後方のプラットホームに倒れている死人を撮影している。

フィッシャー氏――信じられん。

マレンツィ氏――これは。これは何事ですか。

マレンツィ夫人――わたしたち、逃げなくちゃ。ここから逃げるのよ。

ミヒャエル――でも、あの人は？

フィッシャー氏――かかわると面倒になるだけですよ。

ミヒャエル――だって。少なくとも、見てくるべきですよ。だって。生きてるかも。

マレンツィ夫人――ここにいなさい。ミヒャエル。首を突っ込んじゃダメよ。ミヒャエル。わたしたち、外国人なんだから。ここでは。関係ないでしょ。ねえ、レオポルト。

ミヒャエル――――（クラリッサをまた旅行カバンの上に座らせる。彼女の膝の上にビデオカメラを置く）これ。持っててくれる？　すぐ戻るから。いいね？

フィッシャー夫人――見てあげなくちゃね。あの人は生きてるかも……

マレンツィ氏――――レオポルト。あの子に言ってちょうだい。ここにいろって。わたしたちのそばに。

マレンツィ氏――――ミヒャエル。聞きなさい。もう上に上がろう。

フィッシャー氏――――そうですね。タクシーを。タクシーを探しましょう。

フィッシャー夫人――飛行機にはどっちみち間に合わないわ。

マレンツィ氏――――ここから立ち去らなくちゃ。ミヒャエル。待ちなさい。

ミヒャエル以外の全員が荷物を持って急いで二、三歩歩く。それからまた立ち止まり、用心深く死人に近づいていくミヒャエルを見守る。

ミヒャエル――――（他の人々の方に向かって叫ぶ）これはたぶん……

マレンツィ氏――――どうなんだ？

ミヒャエル――――うん。ぼくが思うに。この人は。死んでるよ。

マレンツィ夫人――――レオポルト。あの子を連れてきて。あの子は。これまでに死人なんて見たことないのよ。（叫ぶ）あんたは。死んだ人がどう見えるかなんて、あんたはぜんぜん知らないでしょ。

フィッシャー夫人――行きましょう。家に帰りたいわ。助けてあげられないんだったら。どっちみち。
フィッシャー氏――確かめてはみたんだ。それ以上のことは。できないさ。
マレンツィ氏――いま必要なのは一台のタクシーですな。
マレンツィ夫人――ここから出たいわ。とにかく出たいの。わたしはすぐに。すぐにそう言ったでしょ。
フィッシャー氏――(ミヒャエルに向かって叫ぶ) 戻っておいでなさい。もう行きますよ。
マレンツィ夫人――ミヒャエル。みんな行くわよ。戻りなさい。
マレンツィ氏――クラリッサ。クラリッサ。おいで。ここから出なくちゃ。
マレンツィ夫人――クラリッサ。元気出して。ここから出るのよ。
フィッシャー夫人――具合が悪いんですか? どうなさったんですか。娘さんは。
マレンツィ氏――そっとしておいてやれよ。お前だっていつも具合が悪かったじゃないか。おいで。クラリッサ。手伝うから。
マレンツィ夫人――いいえ。この人はミヒャエルの彼女ですわ。
ミヒャエル――(戻って来て) クラリッサ。どうしたの。
フィッシャー氏――病気ですか?
マレンツィ氏――いいえ。気分が悪いだけなんですよ。ミヒャエル。彼女のカバンを持ってやりなさい。

ミヒャエル――あの人、出血はしてなかったよ。ひどい出血はね。
マレンツィ氏――そうか。死んでるからだろう。おいで。クラリッサ。
マレンツィ夫人――気分が悪い。気分が悪いって。妊娠してるんですよ。妊娠。最近では。避妊の方法なんていくらでもあるのにね。どう思います？
フィッシャー氏――もう死んでいるのなら。いい加減にここを立ち去りませんか。ここから離れなくちゃいけませんよ。それも大急ぎで。
フィッシャー夫人――そうね。フランツ。もう行きますよ。行きます。
クラリッサ――だめだわ。わたし、とっても。ほんとにとっても具合が悪いの。行けない。とても歩けないわ。
マレンツィ氏――だけど行かなくちゃダメだよ。クラリッサ。
マレンツィ夫人――そうよ。そんな大変なことじゃないんだから。誰だって乗り越えてきたことなのよ。結局は。がんばればいいのよ。それだけのことよ。
マレンツィ氏――わたしたちはどうすればいいんだね。クラリッサ。
ミヒャエル――ぼく一度上に行ってみます。タクシーが止められるかどうか、見てみますよ。それから呼びに来ます。どうすればいいか、見てみますから。
マレンツィ夫人――飛行機にはどうせ間に合わないけどね。
フィッシャー氏――でも。まだ二時間ありますよ。時間は充分。お嬢さんもあと十五分もすればまた元気になるかもしれない。

フィッシャー夫人――でも。あなた、空港に行かなくちゃって言ったじゃない。まだ買い物する時間もあったのに。

フィッシャー氏――買い物なら免税店でできるよ。

ミヒャエル――とりあえずぼくの荷物はここに置いていくよ。その方が動きやすいし。

フィッシャー夫人――免税店だなんて。そんなのどこも同じじゃないの。

マレンツィ夫人――わたしはここにいたくないわ。死人と一緒にプラットホームにいるなんて嫌よ。

マレンツィ氏――でも。わたしたちはどうすればいいんだね。クラリッサを。それに死人はあっちのプラットホームだよ。

マレンツィ夫人――ええ。（夫の真似をして）わたしたちはクラリッサをどうすればいいんだね。（とげとげしく）階段上がるくらいのことはできるでしょ。わたしたちはみんなそうやってきたんだから。ここにはいたくないわ。刺し殺された男なんかとはね。

フィッシャー夫人――妊娠していらっしゃるのでしたら。お待ちなさい。貧血に効く薬があるから。どこかに。（自分の荷物のなかをあちこち引っかき回す）どこかに貧血の薬があるのよ。わたしもよく具合が悪くなるから。

マレンツィ夫人――わたしが妊娠してたときなんて、誰も気を使ってくれなかったわ。ほったらかされてると、気分も悪くならないものよ。誰も気づいてくれないとね。お宅はお子さんは何人ですの？

フィッシャー夫人――どこにやったかしら。いつも持っていたはずなのに。

ミヒャエル――クラリッサ。なんとかなるから。心配するなよ。

フィッシャー氏――もうやめなさい。どうせ見つかりっこないから。

マレンツィ夫人――あなたはわたしのことは全然。全然気遣ってくれなかった。誰も興味さえ示してくれなかった。あのころは。なんて状況だったのかしら。レオポルト。ほっときなさい。彼女は自分で歩けるわよ。

フィッシャー夫人――お察しするわ。大変よね。世界が破滅するような気分でしょ。何か月なんですか。

ミヒャエル――ママと一緒にいてよ。みんなを迎えに来るから。ここで待ってて。すぐ戻るから。そしたら上にタクシーが待ってるってわけさ。そしたらあとは階段を上がるだけだ。

マレンツィ夫人――でも。彼女はまだ妊娠初期なんです。気がついたばっかりなんです。さあ、みんなで行きましょう。

フィッシャー氏――でも。その子の具合が悪いんだったら。わたしも一緒に行きますよ。そしてあなたは（とマレンツィ氏に）ここに残ってください。女性たちのそばに。十分あれば問題は解決しますよ。

ミヒャエル――それであの死人は。やっぱり誰かに言わなくちゃいけないでしょう。届け出て。ほっておくわけにはいかないでしょう。あのままには。

マレンツィ氏――行きましょう。わたしもお供します。三人いれば早く解決するでしょう。手分けするんです。上に行けばどこかにタクシーがいるはずです。女性たちには、荷物のそばにいてもらいましょう。そしてクラリッサを見ていてもらいましょう。

ミヒャエル――そう？　女性たちだけで？

フィッシャー氏――そうですね。もし誰かが来たら。死人は最初からそこにいたことにしましょう。わたしたちは。何も見ていない。どっちみち手の施しようもないんですからね。死んでるんですから。そうでしょ？

ミヒャエル――ご自分で見てきてくださいよ。もちろん死んでますから。見てわかりますよ。それとも。つまり。死んでるように見える。と、思います。

マレンツィ氏――それで充分さ。

ミヒャエル――見ればわかりますよ。目を見れば。

マレンツィ夫人――飛行機にはもう間に合わないわ。もう出られないかも。ここから。

フィッシャー氏――じゃあ。いまから問題を解決しましょう。

ミヒャエル――でも急がなくちゃいけませんよね。

マレンツィ氏――そうだ。急ごう。大急ぎでやろう。

ミヒャエルはもう一度クラリッサに駆け寄る。彼女にキスをする。ふたたびビデオカメラを手にすると、二人の男性の後についていく。男たちは慌ただしく階段を駆け上がっていく。

第7場

遠くを走る列車の音。照明は拡散していく。

フィッシャー夫人は舞台左手で、相変わらず旅行カバンのなかを引っかき回している。マレンツィ夫人は右手で、自分のスーツケースの周りを小さな円を描きながらぐるぐる回っている。クラリッサは相変わらず中央にしゃがみ込んでいる。

フィッシャー夫人――どういうわけなんだか。こんなはずないわ。わたしはたしかに。必ず。あの薬はいつも持ってるんだから。

マレンツィ夫人――男の人たちときたら。さっさと行ってしまったわね。

フィッシャー夫人――妙なこともあるものだわ。

マレンツィ夫人――低血圧、高血圧、どちらなんですか?

フィッシャー夫人――低血圧。低すぎるんです。

マレンツィ夫人——わたしはいつも高すぎるんですよ。もちろんお医者さんにはいつも言われるんです。「マレンツィさん。落ち着いて。何事も穏やかに受けとめてくださいよ。穏やかに。そして、脂身はダメですよ」そう言うんです。でもね。どうすればいいの。心臓がこんなふうに。脈打つとき。そしてこの不安。どうやって落ち着けというの。

フィッシャー夫人——立ちくらみがするんです。ひどいのが。朝になると。特に。でも。わけがわからないわ。薬が見つからない。

フィッシャー夫人は引っかき回したカバンの前にしゃがみ込む。いろいろなものや洋服をカバンから出し、プラットホームの上に重ねていく。それらのものがなるべく地面に触れないように、丁寧に重ねる。

マレンツィ夫人——お子さんは何人と。おっしゃいましたっけ。

フィッシャー夫人——ほら。やっと見つかったわ。なんでこんなところに入っていたのかしら。ほんとにわからないわ。筆記用具のなかにあったのよ。どう思います？（クラリッサに向かって）あなた！　あなた！　貧血の薬が見つかったわよ。あなたは……（マレンツィ夫人に向かって）お嬢さんを手伝ってくださいますか？　つまり……

マレンツィ夫人——わたしたちの娘は一緒に来ませんでしたの。クラリッサ。クラリッサ。——そうなの。助けは要らないって言うのね。――彼女は息子のガールフレンドなんです。

フィッシャー夫人――大変よね。わかるわ。あの吐き気。最初の頃の。そして一歩も歩けない。体を引きずっていくことさえできなくなるのよね。台無しに。生活が台無しになっちゃうの。それなのに喜べって言われて。でもその時期が過ぎればまた元気になれるのよね。

マレンツィ夫人――そうね。子どもというものは。でも。生まれてしまえば。そうしたらすべて忘れられるわ。だって。嬉しいことに違いないんですもの。

フィッシャー夫人はカバンの中味をまた詰め込み、その上に座る。

マレンツィ夫人――とにかく。何をしていたやら、わかりませんわ。子どもがいなければ。つまり。子どもがいれば少なくとも。何のために。生きてるのか、わかりますもの。男の人たちはどこにいるんでしょう。

フィッシャー夫人――(クラリッサに向かって) お薬が飲みたければ、言ってくださいね。ハンドバッグに移しましたから。低血圧のときは何かしなくては。妊娠してるんだったら。よくありませんわ。ほっといてはダメよ。

マレンツィ夫人――だけど。心配は。子どもには心配させられますよね。でも。そうやって。クリスマスに。みんなでツリーの下に立つとき。食事のとき。わたしはやっぱり。すべてが。正しいって思うの。これで。

フィッシャー夫人——男の人たちはどうしたんでしょう。

マレンツィ夫人——ほんとに。時間かかりますね。

フィッシャー夫人——特別いいものでしょうね。お孫さんというのは。つまり。純粋な楽しみじゃありませんか。おじいちゃん、おばあちゃんにとっては。

マレンツィ夫人——ええ。それはもう。楽しみにしない人がいるものですか。孫のことを。もちろんわたしたちも楽しみにしていますわ。レオポルトは特に。もう待ちきれないくらい。おじいちゃんになるのが。そしていまでは。わたしも勧めていませんし。世話ができますわ。そうしたら彼女も大学を卒業できるわ。いいえ。いいえ。わたしたちは喜んでいますとも。あの二人は、最初はうちに住むこともできるわ。それでどうなるか見てみるでしょう。

フィッシャー夫人——そうですか。じゃああなたはお幸せな方ね。家族。お子さん。お孫さん。親切なご主人。それ以上のものはないわ。

マレンツィ夫人——ええ。ええ。ほんとにあなたのおっしゃるとおりですわ。満足しなくちゃね。そうですよね。すべてがきちんとしているのなら。

クラリッサ——(立ち上がる。静かに)ちょっと静かにしてくれる? 何もきちんとなんかしてないわ。この子どものこと、誰も楽しみにしてないじゃないの。あなたが昨日言ったことを思い出してみるだけでわかるわ。夕食のとき。いい加減にしてよ。どうせ誰も興味なんか持ってないいんだから。（また頭を膝にのせてじっとしている）何もきちんとなんかしてない。何も。

間。

フィッシャー夫人——素敵なジャケットですわね。いま着ていらっしゃるのは。

マレンツィ夫人——そうですか？　これはロンドン旅行用にわざわざ買いましたの。ちょっとスポーティーで。でも細身で。そうじゃありませんか？　そしてエレガント。ゆったりした形でね。旅行にはぴったりなんです。木綿で。防水加工。もちろん。わかりませんものね。天気がいつどうなるか。

間。

マレンツィ夫人——（自分のスーツケースに腰かける）いいえ。何もきちんとなんかしていませんわ。何も。でもね。おわかりかしら。どう言っていいのか、わからないの。だって。突然何もかも変わるんですもの。簡単じゃないわ。理解するのが。と、思うんです。夏には。夏にはまだすべてが。そしていままでは。

フィッシャー夫人——（立ち上がり、神経質にあたりを歩き回る）それにしても長くかかりますね。

マレンツィ夫人――でも。あの人たちは待っているのが嫌だったんですから。ここで。それにあの死人。それなのにわたしたちをここに置いていくんだから。

フィッシャー夫人――でもあの子があんなに具合悪いんですから。

マレンツィ夫人――ええ。あの子はまだとても若いんです。だからすべてがこんなに大変なのよ。そう思いません？　とにかく。なんでわたしがここにいるのかわからないわ。家にいればよかった。こんなのはわたし向きじゃないわ。

フィッシャー夫人――でも。楽しくなかったんですか？　いろいろなものを見て。そして……

マレンツィ夫人――わかりません。ここの人たちが王さまの首をはねた場所を見たところで、楽しくはないわ。それに女たちや。小さな子どもまで殺したのね。変だと思いません？　いつもそんなものを見物するなんて。人が刺し殺された場所とか。何人の人が餓死したとか。どこかの要塞で。それから教会とか。

フィッシャー夫人――でも。雰囲気が。それに遠くまで来て。家から。何もかも違うでしょう？　わたしはそれが好きなんです。わたしは。だって家に戻ればどっちみちまた会社に行くんだし。いつも同じことのくりかえし。旅に出ると、少なくともこの世にはまだ何か違うものがあるんだってことがわかるわ。まったく違うものが……

マレンツィ夫人――ええ。そうかもね。ただ思うに。わたしにとっては価値のないものなの。そう思います。それに。おわかりかしら。なんだかだんだん、満足なんてあり得ないという気がしてきたんです。やり甲斐のあることなんてない。もうじき六十歳。そして。七十五を超える。考えてもみてください。ほんの何年かですよ。過ぎてしまいます。あっという間に。気がつきもしないうちに。思い出せもしない。そうやって。なんて早く時間が。

フィッシャー夫人——でも、だからこそ何かすべきですわ。まさにそれだからこそ。そうすれば、何を見たか。何をしたかわかるわ。あのときはエジプトに行った。あのときはケニアだったって。写真も眺められる。ビデオも。そしたらわかるでしょ。これはパピルス草にとまって揺れていた鳥だ、と。この鳥はほんとにいたんだ。あのときの旅行は……

マレンツィ夫人——ええ。そうかもね。だけどあの人たち、もうそろそろ戻ってもいい頃よね。ほんとうなら。

その間に。「楽しくなかったんですか?」という台詞のあたりから、ホームレスの女が後ろのプラットホームに登場する。年をとった女である。白髪が針金のように逆立っている。彼女は非常にたくさんの、似たような、比較的大きいビニール袋を、まず隅っこに引きずっていく。すべての袋が隅に集まってから、今度はそれらの袋をベンチのところに引きずっていく。そこで、袋をベンチの周りにぐるりと集める。

それから彼女は死人のところに行くと、彼をまず袋の方に引きずっていき、そこでまずは疲れ切って腰を下ろす。「わたしが思うに。あの子は子どもを生むべきじゃないわ」という次の台詞以降、ホームレスの女は、幾重にも重ね着したコートの下から、長い紐にくくりつけてぶら下げていた大きなハサミを取り出す。彼女は人形（死体）を切り刻み始め、手足と頭を切り離す。おがくずか何かの詰め物があふれ出し、いろいろなものの上にさらさらと落ちる。

マレンツィ夫人――わたしが思うに。あの子は子どもを生むべきじゃないわ。（間）どうせ苦しむだけなんだから。

フィッシャー夫人――どういう意味ですか？

マレンツィ夫人――生まない。生むのをやめるってことです。あの二人はまだ若すぎます。彼女は特に。

フィッシャー夫人――でも。つまり。わかりませんわ。たったいまおっしゃったじゃありませんか……

マレンツィ夫人――……もちろん喜んでる、とね。喜ぶでしょう。とても喜んでる。それは。当然のことですわ。でも。あの二人はまだあまりにも若いんです。ミヒャエルはまだ卒業していないんです。彼女も学生だし。住むところはないし。最初はうちで暮らさなくちゃいけないわ。でもそんなの無理。うまくいくはずないわ。喧嘩するに決まってる。それから離婚よ。そしたら子どもはどうなるの。そして彼らは？　そんなことして得する人はいないわ。

フィッシャー夫人――あなたは。生むなとおっしゃるの？　生むなと……

マレンツィ夫人――そもそも。こんな時代にどうして。こんな世の中に。どうすればいいのか、誰にもわからないわ。いまは前よりいい時代に見えるかもしれない。でも。そう思ってるだけよ。原子力発電所は。まだあるじゃない。それとも？　それに自然。子供が生まれても、芝生にさえ座らせられないわ。そんなことできて？　それに意味。もう子どもに意味なんてなくなっているのよ。あなたにはおわかりですか？　子どもにどんな意味があるかご存知？　ご存知？

フィッシャー夫人――でも。あなただって。あなたご自身だって。お子さんがいるんじゃありませんか。だったら。だったら。わかってなくちゃ。すべて無意味だなんて、言えないはずでしょ……

マレンツィ夫人――ええ。わかりますわ。それで。なんて言ったらいいか。でも。なんだか。ある瞬間には。たとえば。たとえばみんなで夕食の席に着いているときには。そのときには。充実感が。でもそのあと。終わってしまえば。みんないなくなるの。もう幸せな理由なんてないのよ。なんにも。

フィッシャー夫人――わたしは、子どもを生むためならなんでもしたわ。

マレンツィ夫人――ええ。わかりますわ。体験した人にしかわからないのよね。ご存知ですか。そしてこのことが。こんなことになっちゃったの。誰も予定に入れてなかったことが。

フィッシャー夫人――だって。決断するのは親御さんでしょ。

マレンツィ夫人――だからこそわたしは、あの二人はもう少し後にすべきだと言ってるんですよ。

フィッシャー夫人――でも親御さんというのは。もうあなたのことじゃなくて。あなたの息子さんと恋人のことなんですよ。

マレンツィ夫人――何を間違えたのかわかってさえいればね。つまり。わたしたちはいつもすべてを……

フィッシャー夫人――あなたは喜んでればいいんですよ。それだけです。

マレンツィ夫人――疲れたわ。

フィッシャー夫人――お家へ戻れば、またすべてを別の目で見るようになりますよ。

マレンツィ夫人――わたしもうなんだかうんざり。

フィッシャー夫人――ええ。何を……

マレンツィ夫人――ときどき、わたしが。存在しないような気がするの。一度も存在しなかったような気が。ほんとは。

フィッシャー夫人――ええ。ときにはそんな気もしますよ。

マレンツィ夫人――そしたらどうやって生きていけばいいの？　教えてくださいな。すべてが頭のなかだけのことだったら。少なくとも。でも、それは至るところにあるの。わたしのなか。このなかに。

第8場

ホームレスの女はその間に人形の主要な部分を切り刻み、それをビニール袋に詰め込んでいる。人形の頭を手に持ち、これから始まるモノローグのあいだ、その髪の毛をあちこち切る。

ホームレスの女に照明が集中する。他の女たちはぼんやりと座ったまま前景で待っている。

バロック音楽が断片的に流れる。大仰に。

ホームレスの女は、メアリー・スチュアートの精神にふさわしく、悪魔的で偉大な雰囲気でなくてはならない。(2)

ホームレスの女――いいえ！　我々がこの嵐を天使の国に巻き起こし／
波を強めるのなら／マストとザイルも揺れ動かされるであろうし／
人々は荒れる海を／領主の血でなだめねばならないであろうし／
そそり立つ泡に深紅の液体で冠を作ってやらねばなるまい
ブリテン人にとって王の頭よりも価値のあるものがあろうか？

(2) スローン・スクエア。

それが島国のやり方なのだ！　エドワードはそれを信じなかったために
命を落とした。ウィリアムは軍を集め
血のなかでもがき苦しんでいる。奴らのリチャードは
すばやい矢に射殺された。ジョンは修道院のことに首を突っ込んだばかりに／
毒を飲まされて死んだ。エドワード二世の首を取ることさえできれば
人は何を惜しむだろう？／エドワード二世は国政を顧みなかったのに／
他の王たちのような報いを受けていない／
リチャード二世は飢え死にさせられ／
フランスの王ヘンリーは裏切り者の手にかかって
塔のなかで絞め殺された／従兄のリチャードは
エドワードの心臓を刺すべくナイフの刃を研いだが／奪い取った王座に
着くやいなや／戦で帰らぬ人となった。
ヘンリー八世の息子は突然殺されてしまったが
使われた毒はいまでも発見されていない。ジョアンナはどこへ行った？
あの女は何度正義の斧にかかるべき罪を犯したことだろう？
いまや彼女は我々のむごい死を宣言した。
そして法に背いて王の杖を折ったというのだな？

呪われた日よ！　我々が王から生まれ／
王たちを生み／王に選ばれたその日は／

ホームレスの女は腰を下ろす。腕組みをしたまま。

第9場

マレンツィ夫人――奇妙ですよね。わたしたちがここに座ってるのは。「ガチョウ娘のリーゼ」みたいに。

フィッシャー夫人――そうね。「ガチョウ娘リーゼ」。どういう話だったかしら。あるとき一人の……

マレンツィ夫人――ちょっと待って。[3]「リーゼは緑の草の上、まるで王座に座るように。ヒナギク摘み摘み、王子が来るのを夢見てる」

フィッシャー夫人――思い出したわ。「踊りたくない。いいえ結構。わたしは王さまを待ってるの」

マレンツィ夫人――そうそう。それから。「可愛い娘さん。きれいな娘さん。ちょっとおいらと踊ってくれよ」

フィッシャー夫人――「踊りたくない。いいえ結構。わたしは王さまを待ってるの」そうして最後の男になって。踊らなくちゃいけなくなるのよね。

マレンツィ夫人――そうそう。最初は騎士、それから商人。そしてお百姓。でも彼女は誰も受け入れない。

フィッシャー夫人――そのとおり。それから。たしか豚飼いだったわよね。違う？

マレンツィ夫人――そうそう。豚飼いが……

クラリッサ――（頭を持ち上げ、歌詞を朗唱する）「そこに豚飼いやって来た。ヨハン・クリストフ・シュトッフェル。革靴も靴下もはいてない。はいてるのはただ木靴だけ」

フィッシャー夫人――そのとおり。でも彼女は彼にお願いしなきゃいけないのよね。

マレンツィ夫人――そうそう。リーゼは何年も緑の草地で待ったけれど、リーゼに求婚してくれるような王さまは来なかった。

クラリッサ――「シュトッフェル、わたしと踊ってよ。緑の草の上で。そしてシュトッフェルは彼女と踊る。おばかさんのリーゼと」

三人の女たちは笑う。三人で半ば歌うように、半ばしゃべるように歌詞をくりかえす。

三人の女たち――そこに豚飼いやって来た。

ヨハン・クリストフ・シュトッフェル。

革靴も靴下もはいてない。

はいてるのはただ木靴だけ。

シュトッフェル、わたしと踊ってよ。

緑の草の上で。

そしてシュトッフェルは彼女と踊る。

おばかさんのリーゼと。


女たち、一瞬ほほえんで、自分たちの荷物の上に座る。

第10場

第5場がくりかえされる。

チンピラたちが突然また現れる。殴り合い。叫び声。ナイフ。オペラのなかのような叫び声。

人形がまた刺し殺されて後方のプラットホームに投げ落とされる。あっというまにこの場面は終わる。

遠くの方から、謎めいた物音。

第11場

ホームレスの女はただちにまた死体を解体し始め、ビニール袋を一杯にする。まったく前と同じように。手前の女性たちは飛び上がる。年長の二人の女性たちはスーツケースとバッグで歩道橋に対して一種のバリケードを作り、クラリッサが橋に対して完全に守られるようにする。クラリッサは地べたに座っている。他の二人の女性はひざまずいてスーツケース越しに歩道橋の方をうかがう。暴力沙汰が終わってしまうと、彼女たちはクラリッサの左右に座る。

バリケード建設は一言も交わさないまま、完全な同意のもとに遂行される。彼女たちはチンピラたちが登場するやいなや、ただちにバリケードを作り始める。すべてがまるで何度も練習したかのように、機械的に進行する。

ピンストライプの背広を着、広げた傘を差した男たちが右から行進してきて階段を上がる。

ダヌンチオはそのうちの一人。彼は歩道橋の上で方向転換し、スーツケースの背後にいる女性たちの方に降りてくる。

マレンツィ夫人――やれやれ。もうたくさんだわ。
フィッシャー夫人――男の人たちはいないし。こんなときに限って。
マレンツィ夫人――いつもそうなのよね。
フィッシャー夫人――あの人たち、行ってしまったわ。いったいどういうことなのかしら。
マレンツィ夫人――わたしはよそ者だから。何もわからないわ。ここのことは知らないし。
フィッシャー夫人――ともかく。ロンドンが荒れてると聞いてはいたけど。ここまでとは。
マレンツィ夫人――しかも真っ昼間から。
フィッシャー夫人――でもここはいつも暗いわ。
マレンツィ夫人――気分のほうは何とかなりそうかい。クラリッサ。思うに。あの人たちは。仲間内で殴り合ってるだけだよ。わたしたちには構わないだろうから。そうでもなければ……
フィッシャー夫人――あの人たちにとってはまったくどうでもいいんだと思うわ。わたしたちがいようといまいと。でもわたしたち、目撃者よ。
マレンツィ夫人――あの人たちの一人にまた会ったとして、見分けられる？
フィッシャー夫人――いいえ。できないわ。したくもないし。

スローン・スクエア。

マレンツィ夫人――やれやれ。あの人たちにもそれがわかってればいいけど。つまり。ドラマで見る分には。かっこよくておもしろいけど。でもここではね。
フィッシャー夫人――もういまから怖くなってきたわ。
マレンツィ夫人――わたしなんて最初からずっと怖いわよ。
クラリッサ――わたし、相変わらず気分が悪いわ。
フィッシャー夫人――この薬をお飲みなさいな。悪いようにはならないから。
マレンツィ夫人――どうしたらいいのかしら。階段を上がる気にはならないわ。
フィッシャー夫人――でもここにずっといるのも。嫌じゃありませんか。
マレンツィ夫人――いま家で座っていられるんだったらいいのに。
フィッシャー夫人――それとも飛行機に乗れるんならね。そしたら嫌なことはみんな終わったってことですものね。
クラリッサ――試してみますわ、あなたのお薬。ひょっとしたら効くかも。
フィッシャー夫人――(急いでバッグから薬を取り出す) ちょっと待って。口を開けてみてください。一度に十滴垂らしますから。そう。そこ。舌を上げて。そうしたら一番早く効くのよ。看護士さんたちがそうやっているの。そう。ちょっと待って。すぐに出てくるから。

フィッシャー夫人は膝をついて、口を開けたクラリッサに覆いかぶさるような姿勢。マレンツィ夫人がクラリッサの体を支えている。

フィッシャー夫人――そう。さあ。一、二、三、四、五、六、七、八、九、そして十。はい。

マレンツィ夫人がクラリッサを支えている。クラリッサは大きく口を開けている。フィッシャー夫人は彼女の上に屈み込んでいる。ダヌンチオが突然女性たちの脇に立つ。薬を垂らす様子を眺めている。

第12場

ダヌンチオ――マダム。

女たちはびっくりする。上を見上げる。しばらくその「三体像」の形で固まってしまう。ダヌンチオは彼女たちを見下ろしている。

ダヌンチオ――奥さま方。わたしは何も……

フィッシャー夫人――わたしたち。彼女。わたしたち。(4)

フィッシャー夫人、ダヌンチオに向かい合って立つ。クラリッサとマレンツィ夫人は座っている。

ダヌンチオ――奥さま。知りませんでしたが。でも。どうぞおっしゃってください。

フィッシャー夫人――(社交的な調子で)ちょっと気持ちが悪くなっただけですの。

バーで流れるような音楽。
ダヌンチオが男たちの行進から抜け出して以来、こうした音楽が予感できた。一九三〇年代の雰囲気。引っ張るようなリズム。悲しげなサクソフォン。この台詞以降、音楽がフェリーニの映画からの引用であることがわかるようになる。

ダヌンチオ――ああ。ご気分がすぐれないとは！　こんな場所で！　マダム。どうしたらお役に立てるでしょうか。これは悲劇ですな。ここで。奥さま方。もっとふさわしい場所にお連れすることをお許しいただけるでしょうか。ここは。奥さま方。あなた方がいらっしゃるようなところではありません。アフロディーテがあらゆるものに姿を変えてわたしたちのもとに来るとしても。ここは。ため息だけが聞こえてくるような場所です。奥さま方。わたしにご案内させてください。新天地にお連れしましょう。あなた方にふさわしい場所をお見せいたしましょう。あなた方に。しっかりと熟した果実。華麗に咲く花々。薔薇の香りを放つ蕾たち。マダム。マダム。あなた方はもうけっして一人になるべきではありません。どうしてこんな危険なところにあなた方を置き去りにして行けたのか。奥さま方。

フィッシャー夫人――わたしたち、地下鉄を待ってますの。

マレンツィ夫人――ヴィクトリア行きの。

フィッシャー夫人――でも、一台も来ません。

マレンツィ夫人――夫たちはタクシーを探しに行きましたの。

フィッシャー夫人――そしてすぐに戻るはずですわ。

ダヌンチオ――すぐに。ここに戻る。奥さま方。長くかかるかもしれませんぞ。とても長く。永遠に。奥さま方。いらっしゃい。わたしと一緒に。一緒に参りましょう。この不幸な子どもを助けてやらなくては。ご心配なさいますな。奥さま方。わたしには静けさだけです。静けさ以外には興味はありません。奥さま方。残ったものといえばそれだけです。静けさ。この静けさを分かち合いましょう。マダム。わたしたちは互いに支え合えるでしょう。わたしたちみなに残された静けさのなかで。わたしたちは互いに手を差しのべ、慰め合えるでしょう。これまでに起こったことすべてについて。わたしたち。人生が終わってしまった者たち。わたしたちは互いに目を見つめ合い、人生というものがあることを悲しみ合いましょう。おいでください。奥さま方。わたしたちからけっしてなくならない深い痛みについて、お互いに話し合いましょう。

クラリッサ、立ち上がる。足がふらつくので、何かにつかまって体を支えなくてはならない。ほんのちょっとのあいだ、彼女はダヌンチオに向かい合って立つ。それからまた荷物のバリケードの上に腰を下ろさずにはいられない。ダヌンチオをじっと見つめる。

ダヌンチオ――（クラリッサだけに向かって）ええ。わたしたち英雄も、傷つきやすいものなのです。わたしたちも弱さを知っています。わたしたちが迎えようとしている最期も。しばしば。そう。よろめき、歓声をあげる群衆や、闘いのさなかにあって。愛しい人。力強い若者たちのなかで。美しき闘争心のなかに呼び集められて。彼らが行進するとき。束ねられた力。獅子さえも素手で倒す用意がある。そこでも。熱気をたぎらせ、解き放たれた男たちのなかにあっても、わたしを去らなかったもの。それは痛みであり。憧れだった。きみの目を探すだけでよかった。きみのまなざしを。きみの同情を得ようと、ぼくは白馬に跨り、みんなの頭越しに眺めていた。きみを探し、きみがわたしの傷を冷ましてくれるのを感じるのだ。おいで。わたしの子よ。いらっしゃい。愛しい人。お見せしましょう。おいで。遅くなる前に。そして時間に。（彼の自己憐憫が彼を圧倒するが、それはほんの短い時間のあいだである）飲み込まれてしまう。わたしたちは飲み込まれてしまって、ただあなたの若さだけが。愛しい人。きみの若さが。どの瞬間にも永遠に。過ぎ去るものに対するきみの勝利はわたしたちを救うことができる。癒すことが。きみ。わたしの子。きみの目のなかに。きみの目のなかにはまだあらゆる太陽が映り。あらゆる星が輝いている。きみの眉毛のなかに朝がつかまっている。夜はきみの髪のなかに巣を作り。月はきみの肌の上で溶けて流れ、穏やかな春の甘さはきみの胸のあいだの溝に閉じこめられている。きみのために。きみのために。きみのためにわたしは薔薇の葉をまき散らそう。花々で作った棺台が我々の永遠の結びつきを示すきみの寝床となり、光が流れ行くのを止め、あらゆる太陽は昼と夜のあいだに囚われてわたしたちのために暮れなずみ、道は……

ダヌンチオはかなりのエクスタシーに浸っている。女たちは驚愕のあまり体が動かせない。壁に空けられた通路の一つを通って浜辺の売り子が登場する。ほんのちょっと、ホームレスの女のところで立ち止まる。二人は親しげにうなずき合う。物売りは歩道橋を渡ってくる。ダヌンチオの台詞を中断させる。しかし、仲間として、同僚としての敬意を見せ、攻撃的な態度ではない。浜辺の売り子は浅黒い肌をしている。

浜辺の売り子――（女たちに向かって。左腕にたくさんの時計をはめ、Tシャツの袖をまくり上げながら、時計の名前を言うごとに一つずつの時計を指さして。歌うように）パテック・フィリップ！　ロンジン！　ボーマルシェ！　モヴァド！　ロレックス？　ブロヴァ？　シャフハウゼン？　ユングハンス？　オメガ？　ノー？（息をつこうと喘いでいるダヌンチオに向かって）ハーイ。ガブ。(5)　どうだい。レイプ・ビジネスはうまくいってるかい？（ふたたび女性たちに向かって、いかがわしく）こいつはね、自分がイタリア出身の誰かだと思っているんですよ。恋人にするならぴったりですよ。人畜無害な奴でね。ピュアな女性を必要としているんです。救済のために。お願いしますよ。天井に叩きつけられた蛙の話ですがね――ほんとに時計は要らないんで？　パテック・フィリップも？　ロンジンも？　ボーマルシェも？　モヴァドも？　ロレックス！　ブロヴァ！　シャフハウゼン！　ユングハンス。オメガ。それとも。マッサージがいいですか？　ほんとに効くマッサージ。（はっきりと）ええ？　どうして要らない？　いいのに。気持ちいいのに。はあ？

クラリッサはあとの二人の女性を振り返る。マレンツィ夫人、立ち上がる。クラリッサの手を取る。浜辺の売り子はおもしろそうに眺めている。いつでも袖をまくって自分が売っている時計をほめる用意がある。高みから引き落とされたダヌンチオは、いまでは醜い、混乱した老人である。

マレンツィ夫人――おわかりかしら。そこの方。よそでやってくださいな。彼女は息子の奥さんですし、妊娠していますの。だから。興奮させないでくださいな。それでなくても具合が悪いんですから。時計も要りません。必要なものは自分で買いますから。

二人の女性たちはクラリッサをまたスーツケースのバリケードの上に座らせ、その左右に陣取る。

ダヌンチオ――（いまや混乱し、老いぼれて、浜辺の売り子に向かい）わたしの母は産婆だった。あんたたちに何がわかるというの。それが彼女の口癖だった。いま寝付いたと思ったら、またもやお産に呼ばれるんだからね。そう。わたしの母は産婆だった。あんたたちに何がわかるというの。と彼女は言った。寝付いたばかりなのに、また呼びに来るのよ。すでに五、六人、そこいらを駆け回っている子がいるのに。救済が。と母は言ったものだ。救済は多くの人に与えられなくては、と。そう。わたしの母は産婆だった。あんたたちに何がわかるというの。それが彼女の口癖だった。寝付いたばかりなのに。またもやお産に呼ばれる。おまけに五、六人の子どもが……

浜辺の売り子はとてもよぼよぼした印象を与えるダヌンチオをスーツケースのバリケードの後ろ側に連れていき、そこに座らせる。

浜辺の売り子――ここに座って。ここ。イエス。ザッツ・ライト。ビー・クワイエット。イエス。
イッツ・オール・ライト。ここにいて。聞いてる?
ダヌンチオ――(バリケードの向こう側に現れる)救済。救済、と母は言った。救済は多くのことを。
救済は多くの人のためでなくては。
フィッシャー夫人――ええ。そのとおりね。
マレンツィ夫人――ほっときましょう。わたしたちだってそんなことはわかってるから。

バリケードの向こうで、浜辺の売り子がダヌンチオの頭を下に押しつける。何か言いたげなまなざしを彼に向けて。

第13場

第5場が二度反復される。だんだん激しさを増して。チンピラたちは二つの死体/人形を前方のプラットホームに投げる。一度目の反復と二度目の反復のあいだに間がおかれ、間のあとはさらに激しく進行する。ダヌンチオは非常に高い声で叫び始める。野蛮で混乱した調子。

浜辺の売り子と二人の女性たち、とりわけマレンツィ夫人は、叫び、自分の体を叩いて騒ぐ赤ん坊のようなダヌンチオをなんとかおとなしくさせ、それと同時にスーツケースのバリケードを、もっとよい盾になるように押し出す。フィッシャー夫人はバリケードの背後でクラリッサの体を押さえている。

非常に厳密にチンピラの場面のコレオグラフィーが反復され、ダヌンチオが叫び声をあげたりマレンツィ夫人のスカートのなかに逃げ込もうとしたりするのでさらに騒がしくなるこの騒動の場面が終わったとき、舞台の左手、前方のプラットホーム上には二つの人形が横たわっている。ダヌンチオは低い声ですすり泣く赤ん坊のよう。他の登場人物はみな、バリケードの後ろにいる。

第14場

バリケードは、ここで起こることと死人たちとのあいだの境界線として、もう一度前に押し出される。みんな疲れ切っている。

スローン・スクエア。

マレンツィ夫人――えーっと。わたし、行きたいんだけど。大急ぎで。でもどこかしら。このなかの。

フィッシャー夫人――ええ。わたしも行きたくなってきちゃったわ。

マレンツィ夫人――あんたもきっと行きたいわよね？　クラリッサ。

浜辺の売り子――あっちに。あそこの。右に。トイレがありますよ。

フィッシャー夫人――そう。わかりました。それじゃ。わたし。でも。

マレンツィ夫人――クラリッサも連れていってやってください。わたしはここで荷物を見ていますから。ええ。行って行って。わたしはここに座るから。とりあえず。だから。行ってきてよ。

クラリッサとフィッシャー夫人は死人の脇をすり抜けて歩道橋を上がり、ホームレスの女の脇も抜けて、右手に姿を消す。互いに手をつないでいる。おばあさんのところに行く二人の小さな女の子みたいに。マレンツィ夫人は二人が見えなくなるまで見送り、それから荷物の上に腰を下ろす。

舞台上に残された三人は、まるでチェーホフ劇で浜辺の情景を演じているような位置関係。すべてがゆっくりと進行する。照明。自然のざわめきを表す効果音がその時々の描写の上にマンガのようにかぶせられる。海のことが語られるときは潮騒が。馬に言及するときは馬の足踏みや。競馬で馬たちがゴールに駆け込んでくるときのワーッという歓声とか。マレンツィ夫人が語る際には、鳥のさえずりとジプシーの歌が聞こえる。ライトは幻想的で、輝くようなバラ色。とりわけゆっくりと。

浜辺の売り子――（金属のかけらを拾い上げて）わたしにとってはいつでも。日光浴が一番すてきなことでした。母が食事を持って後ろの方にいました。木の下に。太陽。海。遠く離れて。鈍い音を立てながら。霞がかかっていて、水平線は見えなかった。空と海の境はわからない。そしてわたしは。日に当たりながら。砂の上にいました。やわらかかった。そして暖かだった。

間。効果音が変わる。

ダヌンチオ――父はわたしにマラテスタ一号をくれました。そのときわたしはまだ十二歳にもなっていなかった。そんなに大きな混血種の馬に乗れる技術はありませんでした。厩舎の少年たちは、わたしと大きな馬を冗談のネタにしていました。でもそれから。わたしたちは一番高い垣根を飛び越え、石切場の一番急な坂道も降りきったんです。あらゆるトーナメントで優勝しましたよ。マラテスタとわたしは。父はトロフィーを集めました。そして厩舎の少年たちは。わたしの勝利に金を賭け、体から魂が飛び出さんばかりに叫びました。わたしを応援するために。わたしの勝利のためにね。

間。効果音が変わる。

マレンツィ夫人――祖母が。農園をやっていた祖母のことですけれど。頭に巻いたカラフルなスカーフを一つでも遠くから目にすると。どこかトウモロコシ畑のずっと後ろの方にでも。すると祖母はすぐに家に戻り、あらゆるものに鍵をかけました。一日中、わたしは暗い部屋のなかに座っていなくてはなりませんでした。ただ、あるとき。祖母はわたしを見つけられなかったんです。わたしは家の裏手の胡桃の木によじ登っていて、木の上から彼女たちを見ていました。みな急ぎ足でした。カラフルなスカートが足の周りで丸く翻っていました。一歩歩くごとに。彼女たちの着ていたものはみなカラフルでした。髪は。カラスのように黒い。背中まで垂れる長さでした。彼女たちの浅黒い顔がわたしを不安にしました。彼女たちは木の下で立ち止まり、農園のドアをたたき始めました。そして互いに言葉を交わしていました。わたしは一言も理解できませんでした。それでもわたしは彼女たちについて行きたかった。すぐに彼女たちの後を追いかけて、どこへなりとついていったかもしれません。そしてけっして戻ろうとしなかったでしょう。けっして。

三人は夢見るように頭を垂れる。効果音は、明るい海辺の風景か、人々で賑わう公園を表す音になる。笑い声。遠くであがる歓声。遠くから、海水浴場の楽隊が奏でるオペレッタのメロディーが聞こえてくる。あるいはワルツが。マルクス広場。三人は互いにほほえみ合う。

三人――（同時に）こんなに気持ちがいい。

三人、体の動きを止める。ほほえみ。それぞれ言葉をたぐり寄せる。同時に、

ダヌンチオ――失礼しました。どうぞお話しください。

浜辺の売り子――いいえ。どうぞ。あなたが。あなたから最初に。

マレンツィ夫人――いいえ。いいえ。あなたから。お願いします。どうぞ。

ふたたび動きが止まる。

三人――（ふたたび同時に）こんなに気分がいいのは久しぶりです。これまでにいつ、こんなに気分のいいときがあったか、思い出せないくらいです。

ふたたび、了解し合うように互いにほほえみ合う。

マレンツィ夫人――こんなにいい感じだったことは。もう長いことありませんでしたわ。ほんとに。

すべてが。快適なんです。そうお思いになりませんか？　わたしは。わたしたちは。何か食べなくちゃ。お食事にお招きしてもよろしいかしら？　手持ちの食べ物は多くはありませんけれど。おわかりでしょう？　自宅にいるのでしたら。自宅でしたらあなた方をちゃんとしたお食事にお招きできるわ。ほんとに豪華なお食事に。ここではサンドイッチとコーラしかお勧めできませんの。買ったものばかりですわ。もちろん。夫はいつもわたしのことを笑いますの。わたしがいつも食料を携帯してるって。でもご覧の通り。よかったでしょ。ほら。ご覧なさい。とりあえず食べるものがあるんだから。

マレンツィ夫人は荷物のなかから食料の包みを引っ張り出す。大きなナプキンを広げ、食べ物を並べる。

マレンツィ夫人――自宅でしたら。自宅でしたらもちろんいいケーキがありましたのに。ほんとにいいケーキが。いつも自分で作りますのよ。そのほうがおいしいでしょ。トルテなんかもね。サンドイッチだって自分で作ったほうがもちろん。でもこれで充分としなくては。こんな状態でも。いまは。どうぞお取りくださいな。いま、わたしたちは。ほんとに。なんて言えばいいのかしら。ほんとに。いい気分で。

浜辺の売り子――（マレンツィ夫人の台詞のあいだにすでに話し始める）いいや。お構いなく。そんなお気遣いは無用ですよ。

ダヌンチオ――（やはりマレンツィ夫人の台詞のあいだに話し始める）でも。愛しい方。それはあまりに親切すぎます。それではこちらが恐縮してしまいます。そんなに愛想よくしていただいては。

マレンツィ夫人は大急ぎでピクニックの食事を準備する。神経質なほど気を配る女主人ぶり。三人とも最初は同時にしゃべっている。それからまた明るい気分のなかで沈黙する。ほほえみながら。

黙ったまま、「相手に言葉を譲る場面」がくりかえされる。誰もが他の人を先にしゃべらせようとする。

効果音はまた、ダヌンチオ登場のときの、跳びはねつつ引きずるようなリズムの、バーのBGMに変わる。ダヌンチオはネクタイを整える。立ち上がる。スーツの上着を直す。ぼんやりした様子。どこかに立てかけておいた傘を探す。

開いた傘を差したピンストライプの男たちがふたたび右手から登場する。ダヌンチオは歩道橋を渡っていき、彼らの列に加わる。浜辺の売り子は売り物の時計をチェックし、ダヌンチオより先に階段を上がっていくと、上から行進に割り込んでいき、ピンストライプの男たちに時計を売りつけようとする。例の歌うような調子で時計のブランド名をくりかえす。

浜辺の売り子――オメガ――ユングハンス――シャフハウゼン――ブロヴァ――ロレックス――モヴァド――ボーマルシェ――ロンジン――パテック・フィリップ。

誰も時計を買おうとはしない。男たちは階段を上がっていき上方に消える。脅すようにすぐ近くを通過する列車の音。

マレンツィ夫人は男たちが立ち去っていくのを訳がわからないという表情で見送る。マレンツィ夫人は一人で前方のプラットホームに立っている。ショックを受けて。

マレンツィ夫人――誰も食べてくれなかった。

第15場

金属と金属がぶつかり合う音が、余韻を残しつつ近づいてくる。それからまた遠ざかっていく。照明はさっきより明るくなる。マレンツィ夫人が立っている。男たちはいなくなっている。

このあとに続くモノローグの場面は、マレンツィ夫人の状況を描写しようとする試みである。彼女は以下に朗読する言葉で、自分自身がすべてを理解できるようにしようとする。(6) しかし、ゲーテの詩句は彼女にとっては外国語のようなもので、彼女の朗読に耳を傾ける者には、ゲーテの詩句が反復によって決定的に彼女から離れていってしまい、意味のないものとなっていく様子が聞き取れる。そのテクストはある状況を表しているが、それは彼女の状況とは違っており、彼女には理解できない状況である。しかし、彼女はそうした状況に陥ることに対して不安を抱いている。そのため、彼女は独白しながら自分がよく知っている日常的な行動をとってしまう。たとえば整理整頓。その行為は、絶望や孤立無援の状況から少なくとも両手を解放するのには役立つ。こうした状況のせいで彼女は手をバタバタさせたり情熱的な大きな動作をさせたりする。彼女自身がさっきまでそうした身振りを見て驚き呆れていたのだが。

マレンツィ夫人――お前たちの影から出でよ、いにしえの聖なる神苑の、
繁茂し生気をみなぎらせた木々の梢たちよ、
かの女神の静かな聖所にいるように、
わたしはいまだにおののきつつ足を踏み入れる。
わたしはいまだに――

わたしはいまだにおののきつつ足を踏み入れる。
つつ。おののきつつ。おののき。
おののき。
わたしはいまだにおののきつつ足を踏み入れる。
そして波は我がため息に
鈍い響きを返すのみ。
そして波は我がため息に
鈍い響きを返すのみ。
（とてもゆっくりと）
そして波は我がため息に
鈍い響きを返すのみ。

ここまでは朗読調の悲壮な調子。マレンツィ夫人はそれから、ためらいつつ、しかし次第に決然とした態度で、整理整頓をし始める。ピクニックのお弁当を片づける。スーツケースも最初と同じように、きちんと並べる、等々。
この後の台詞は断続的に話される。理解できないほどの早さだったり、引き伸ばしたり、奇妙なリズムをつけて。

マレンツィ夫人――わたしの耳許ではいにしえの歌が響く――

わたしはそれを忘れていた、喜々として忘れた――
わたしはそれを忘れていた、喜々として忘れた――
わたしはそれを忘れていた、喜々として忘れた――
最上の幸福、人生のもっとも美しい力が
ついには消え去ってしまう！　どうして呪わずにいられよう？
わたしはそれを忘れていた、喜々として忘れた――
わたしはそれを忘れていた、喜々として忘れた――
おののきつつ――

整理整頓をしながら彼女は二人の死人のところまでやってくるが、その二人はもちろんその場にはふさわしくない。彼女はそれぞれの死体の片腕をつかんで、二人を歩道橋の上に引っ張っていく。

歩道橋の上に立って。

マレンツィ夫人——おお、安んじてあれ、我が魂よ！
動揺し、疑い始めるのか？
ひとりきりの固い地面から
離れなくてはならない！　ふたたび船に乗り込み、
波に揺り動かされ、ぼんやりと、
おずおずと、世界とお前自身とを見誤るのだ。

第16場

マレンツィ夫人は大胆にも橋を越えてホームレスの女のところに死体を引きずっていく。ホームレスの女が一つの死体を受け取る。彼女たちは死体をベンチに引っ張っていく。二人は腰を下ろし、人形の解体を始める。二人とも上着の下から巨大なハサミを取り出す。マレンツィ夫人はホームレスの女がどんなふうに死体を解体しているかを見、それを模倣する。まるで、お客さんが来てみたらちょうどその家の主婦がエンドウ豆をさやから出していて、お客さんもそれを手伝い始めたという格好である。

マレンツィ夫人はぺちゃくちゃとしゃべり散らす。ホームレスの女はくりかえしぶつぶつとつぶやきながら、彼女の同意や、驚きや、嫌悪を表明し、うなずいて了解したり、どのビニール袋に死体／人形の体の部位が入るべきか指さしたりする。つまり、マレンツィ夫人からの問いかけに完璧に応答するわけだが、話はしない。親密な雰囲気。

マレンツィ夫人――そうやって始めるのね。こう？　えーっと。できた。こういうふうにもやれるのね。ミヒャエルに子どもが生まれるの。もう話したかしら？　どう思う？　つまりね。彼女が妊娠したのよ。もちろん。わたしは反対だわ。あの子、チャンスをなくしちゃうわ。わたしたちのときもそうだった。覚えてる？　みんな無一文で。でも子どもだけはいた。そう。そう。もちろん。いまは大きくなってるわ。でもね。意味があったのかしら。わかる？　ときどき、夜こうして座ってるとね。家にはどうせ誰もいないし。それにわたしも、誰にもいてほしくないの。でも、ほんとに生きるということ。それがわたしにはできなかったわ。子どものせいで。いつも子どもがいたから。それに、そんなに大切なことだったのかしら。たぶん、全部違うやり方をすべきだったのね。レオポルトのそばにいるべきじゃなかった。わたし、すぐに気づいたんだもの。それから。ミヒャエルの洗礼のとき。レオポルトとわたしの妹が。どういうわけだかあの二人はいつも。でもわたしは思ったの。そんなはずないって。そんなはずない。でも、そのあと。すぐにわかるものよ。そう思う。二人が。一目でわかる。でも。そのときわたしはもう。何て言ったらいいのかしら。でもわたしはそうだと確信していた。なんだかあのころは、子供と一緒に死ぬしかないと……。もうあのころわたしはレオポルトを。あれは。まだはっきり思い出せるけど。あれは。何て言ったらいいのか。あれは。ぞっとするようなことだった。いつもいつもそのことばかり考えて。どうやって死のうかと。わかる？ まだはっきり覚えてるわ。感覚はなくなったけど。あの感覚は。完全に消えた。あの気持ち。あの当時は。あの気持ちがとても強かった。あのころはただ死んでしまいたかった。レオポルトはわたしたちのことを気にかけさえしなかった。おれは仕事してるんだ、って言ってたっけ。でも。ちょっと聞きたいんだけど。ひょっとしたら。はっきりと知ってしまったほうがよかったのかも。わかる？ わたしはただ。なんとなく感づいただけ。推測しただけ。はっきりとは知らないままできたのよ。それに質問も。質問する勇気はなかった。知りたくもなかった。そして、いつのまにかすべてが消えてしまったの。崩壊して、消えてしまった。感情がお腹にたまってくる。最初に子どもを殺して。それから自分が死のうと。思い切って。急にどうでもよくなってしまったから。そう。何もつかむものがなくなってしまったみたいに。自分がそこにいるのか。いないのか。まったくどうでもよくなって。それに子どもたち。子どもだけ残しておくわけにもいかないし。そういうわけで。それから。子どもにも余計な苦しみを味わわせたくなくて。でもそんなことは助けにならない。そうこうするうちにまたすべてが動き出して。わたし自身も。ときどき新聞で、自殺した女の話を読んだりすると。わたしにはわかるの。ほんとは兄のところに行くべきだったのかも。父のところにはけっして戻らなかったと思う。けっして。でも兄はあまりにも遠いところに住んでいた。そして。いまでは子どもたちが。家を出ていってしまったわ。そしてまたみじめな生活が始まるの。最初から。一番最初からのくりかえし。まだ幸せなうちから、一番みじめなことが待っている。ものすごい速さで年はとってるけど。でもまだ充分速いとは言えないわ。もちろん。一番大きな不幸。その種の不幸。そんなものを味わうにはもう年をとりすぎてしまったけどね。そんな不幸は若いときでないと味わえない。そうじゃなくって？　わたしにはわからない。あれは不幸なできごとだった。そのことは思い出せる。それからすべてが平常に戻ったの。なんとなく。そしてそれ以来、もう何も思い出せなくなった。——そう。でもいまはこれできちんとしたわね。これは。（彼女は人形の頭の部分を手に持っている）これはあそこに入れるのよね。こう？　オッケー。わたしはもう行くわ。あの人たち、もうすぐ戻ってくるだろうから。

彼女は手を拭う。ホームレスの女に手を振る。最初の場所に戻っていく。

第17場

フィッシャー夫人とクラリッサが右手から、おしゃべりしながら戻ってくる。

クラリッサ――（マレンツィ夫人に向かって）ちょっと聞いて。フィッシャーさんは洋服の安いお店を知ってるんだって。コートなんかも。卸し業なんですって。イタリアからの。わたしたちも行ってもいいんですって。お兄さまがお店を持っていらっしゃるのよ。

マレンツィ夫人――それはいい話ね。もちろんうかがいますよ。もちろん。何か召し上がりません？ ここにちょうど。レオポルトがいたら笑うでしょうね。それにミヒャエルも。わたしがいつも食べ物を持ってるからって。でも。いつ具合が悪くなるかわからないし。食べ物なしでは。それにクラリッサ。何か食べなくちゃダメよ。ちょっとは元気になった？

クラリッサ――ええ。水薬はほんとうに効いたわ。

フィッシャー夫人――それは嬉しいわ。きっと効くと思ったんです。あら。どうも。（差し出されたサンドイッチを一切れ取る）

マレンツィ夫人――(クラリッサに向かって) ほら。お食べなさい。少なくともサンドイッチくらいは。もちろん自分で作れば違うんでしょうけどね。でもどうぞ。そしてコーラも。もうお昼はとっくに過ぎてるだろうし。

クラリッサ――(片手にサンドイッチを持って) わからないわ。わたし、それほど具合がよくなったわけでもないし。

マレンツィ夫人――食べる努力はしてみてよ。少なくとも。

フィッシャー夫人――あなた、ここで。何もかもこんなに。片づけてくださったんですか?

マレンツィ夫人――ええ。思ったんですけど。男の人たちが。戻ってくるかもしれないし。もうそろそろ戻る頃でしょ。

三人の女たちは、それぞれ自分の荷物の上に座る。最初と同じ順番で。フィッシャー夫人が左。クラリッサがまん中。マレンツィ夫人が右。しかし、最初のときよりももっとくっつき合って。

マレンツィ夫人――(サンドイッチをもぐもぐ嚙みながら、勢いよく立ち上がる) さて。わたしも行かなくっちゃ。あそこですか? 右でしたよね?

フィッシャー夫人――(クラリッサと一緒に) ええ。あそこ。右の方です。すぐに見えますよ。右に行けば。

マレンツィ夫人は口をもぐもぐさせながら、歩道橋を越えて右側に行く。フィッシャー夫人とクラリッサは彼女の姿が見えなくなるまで後を見送る。マレンツィ夫人が見えなくなってからようやく口を開く。

クラリッサ――それで。あなたがわたしの立場だったらどうなさいますか？

フィッシャー夫人――わたしなどに尋ねてはいけませんよ。

クラリッサ――どんなにみじめだか、ほんとに言い表せないくらいなんです……

フィッシャー夫人――ええ。わかりますわ。でも時が経ちますから。ほんとに。

クラリッサ――そんなことは信じがたいわ。まさにちょうど……

フィッシャー夫人――ええ。そうだろうと思いますよ。でもわたしは。わたしは四回も。流産したんです。もちろん。わたしは。ほしいと思いましたよ。子どもをね。でも。最初の二人を流産した後では。まだ望みを持っていたんです。でも。三回目。四回目。その後はもうほしくありませんでした。もう力尽きたんです。できることなら死んでしまいたかった。でもそれも。うまくいきませんでした。つまり。夫は気にしていないんです。最初の結婚で生まれた子どもたちがいますから。息子が二人も。それに。わたしたちはどこにでも旅行できますし。邪魔されずに。行きたいと思うだけ多く。でも。子どもができたときどうすべきか尋ねられても。わたしに何が言えると思います？

クラリッサ――でも。よく考えてみれば。ほんとに理由なんてないんだわ。生きている理由なんて。以前には。いずれにせよ。生まれてくる前には。理由なんて。実際のところ。それから。もう生まれてしまったら。そしたら。生きる意味があるかも。

マレンツィ夫人が走って戻ってくる。クラリッサとフィッシャー夫人は急いで上着のポケットにサンドイッチをつっこむ。コーラだけは飲む。

マレンツィ夫人――さて。さっぱりしたわ。でも、わたし思うんだけど。家に戻ったら。家に戻ったらお腹いっぱい食べてみせるわ。ハーブ入りパスタを。ハーブ入りパスタを作るわ。それからバニラアイスを。チョコレートソースをかけて。それから。コーヒーを。ほんとにおいしいコーヒーを淹れるわ。

フィッシャー夫人――わたしたちはレストランに行きますわ。イタリアンに。

マレンツィ夫人――いいレストランをご存知ですの？　そう？　わたしはピザ以外は好きじゃないの。でもピザだったら自分でも作れるし……

フィッシャー夫人――わたしはどちらかというと赤ワインが好きで。

マレンツィ夫人――だからそんなにいいスタイルをしていらっしゃるのね。
フィッシャー夫人――どうでしょうか。まああってところです。でも。フィットネスには前より多く通ってるんですけどね。週に二回では足りなくって。
マレンツィ夫人――そうね。わたしにも必要なんでしょうけど。ちょっとくらい運動することが。でも一人では。前はヘレーネと一緒にやってました。娘のことですわ。ヘレーネっていうのは。でもいまは。
フィッシャー夫人――わたし、また気分が悪くなってきたわ。
マレンツィ夫人――コーラのせいかしら。困ったわね。
クラリッサ――ここから出たいわ。出なくちゃ。もう我慢できない。わたし。もう気が狂いそう。ここにいたら。

クラリッサは自分のバッグをつかみ、外に出ようとする。出口を探しながら、あちこちに向きを変える。マレンツィ夫人はクラリッサを落ち着かせようとする。フィッシャー夫人は困ったようにその横に立っている。クラリッサはそれからまた舞台中央の自分のカバンの上に座り込む。ぐったりと体を丸めて。すすり泣きながら。
三人が同時に。一斉に話す。

クラリッサ――わたしはこんなこと嫌なの。嫌。家に帰りたい。どうすればいいの。ここから出たい。

マレンツィ夫人――クラリッサ。いったい何が。どうしちゃったの。男の人たちを待たなくちゃ。ここで。そうじゃないとはぐれちゃうでしょ。それから家に戻りましょう。そしたらすべてまたよくなるわよ。見ててご覧。

フィッシャー夫人――どうしたっていうの。何が我慢できないの。ここで待たなくちゃダメよ。そうじゃないとはぐれちゃうでしょ。でももうそんなに長くはかからないわよ。見ててご覧なさい。そしたら行きましょう。家に戻るんですよ。

マレンツィ夫人はクラリッサを座らせるが、その際、彼女のポケットにサンドイッチが入っているのに感づく。マレンツィ夫人はクラリッサが幼稚園の子どもであるかのように、そのサンドイッチをポケットから取り出す。

マレンツィ夫人――食べないから具合が悪くなるんじゃないの。わかりきったことよ。食べなくちゃダメよ。あんた一人の体じゃないんだから。

クラリッサ――（非常に激しく）わたし、もう絶対何も食べたくないわ。もう一生何も食べたくない。

ミヒャエルが階段を駆け下りてくる。

第18場

クラリッサはミヒャエルの声を聞く。飛び上がる。彼の腕のなかに飛び込み、そのなかにもたれこんだままになっている。

ミヒャエル　――ねえ。クラリッサ。どうしたんだよ。

挨拶代わりのキス。

年上の男性たちが階段を下りてくる。夫人たちは彼らの方に歩いていく。短く、さりげなく、挨拶を交わす。彼らは並んで歩き、それぞれの荷物のところに行く。互いに話をする。どうやら上の様子について。男たちは大げさな、上を指さすような身振り手振り。半ばパントマイムのように、上の道路の渋滞の様子を描写する。できれば「渋滞」という言葉がくりかえし耳に入ってくるように。
その間に、

ミヒャエル――クラリッサ。

クラリッサはすすり泣きながら彼に何かを言う。

ミヒャエル――心配するなよ。

クラリッサは彼に何かささやきかける。

ミヒャエル――だけど。そんなこと普通だろ。よくあること。だと思うよ。いずれにしても。

クラリッサは彼に何かささやきかける。

ミヒャエル――(なだめるように)違う。違う。絶対そんなことないよ。

クラリッサは彼に何かささやきかける。

ミヒャエル――絶対そんなことないって。絶対。ぼくたちそんなに長く外に行ってなかったし。だろ？　クラリッサちゃん。

クラリッサはまたもやミヒャエルに何かをささやきかける。

ミヒャエル――だけどそれは違うよ。

クラリッサは彼にささやきかける。

ミヒャエル――違うよ。きみが誤解したんだよ。絶対に。母さんはそんなこと思ってないよ。そんなこと言うはずないよ。

クラリッサは彼に、力を込めてささやきかける。

ミヒャエル――違うよ。そんなはずは……

クラリッサは意地を張り続ける。また何かをささやく。彼になかば背を向ける。
ミヒャエルはもう一度彼女を自分のそばに引き寄せる。

ミヒャエル――だけど、それは違ってるよ。クラリッサ。

クラリッサは彼の肩にもたれかかったまま、首を横に振る。

ミヒャエル――ほんとに確信があるのかい。ほんとにほんとなのかい。

クラリッサ、うなずく。ミヒャエルは抱擁をやめる。クラリッサにキスをし、彼女の手をしっかり握ると、二歩、マレンツィ夫妻の方に歩み寄る。

ミヒャエル――ちょっと聞きたいんだけど。母さんはなんでそんなことするんだよ。なんでそんなことを言うの。どうしてそんなこと考えつくんだ。この子は生まれないほうがいいなんて、どうして言えるんだい。母さんがなんでも決めようっていうの?

マレンツィ氏――(ぎょっとして、クラリッサのところに行く)そんなことしちゃだめだよ。家内はそんんのことを。

な意味で言ったんじゃないんだ。絶対に違うよ。わたしたち、楽しみにしてるんだから。赤ちゃ

マレンツィ夫人――（一人で右側に立っている）レオポルト。

マレンツィ氏――（ミヒャエルとクラリッサのそばに立って）マリア。なんだってお前は。考えてもご覧。誰かがお前にそんなこと言ったとしたら。どうするか見たかったよ。お前、何を言ってるか自分でわかってるのか。

マレンツィ夫人――レオポルト。わたしは……

フィッシャー夫人――でも。彼女は……

フィッシャー氏――（妻を止める）口を挟むのはやめなさい。わたしたちには関係ないんだから。

フィッシャー夫人――でも。

マレンツィ氏――マリア。ほんとにどうしてそんななのか理解できないよ。ほんのちょっと席を外すこともできないのかね。どうしてすぐに不和のタネをまくんだ。いったいどうしたっていうんだ。ヘレーネが家から出ていっただけじゃ足りないというのかね。お前のせいだったんだぞ。

フィッシャー夫人――でも。それはほんとにただ。その。わたしたち、ただおしゃべりしてただけなんです。つまり。

マレンツィ氏――クラリッサ。すべて、そんな意味じゃなかったんだよ。絶対に違うから。

ミヒャエル――ほんとに。母さん。ぼくはもう理解できないよ。

マレンツィ氏——いまはやめておこう。家で。このことについて話そう。謝らなくちゃいけないよ。マリア。言っちゃいけないこともあるんだ。
マレンツィ夫人——わたしはただ。わたしが言いたかったのは。あんたたちが。ほんとに。若い。若すぎるってことよ。子どもが生まれちゃったら。人生終わりでしょ。何もかもいまとは変わっちゃうのよ。どうしても。どうしてもそうなっちゃうのよ。そう言いたかったの。それだけよ。
ミヒャエル——だけど。母さんだって。母さんだって子どもがいるじゃないか。それなのにそんなこと言って。それに、そもそも。いまは時代が違うんだよ。
マレンツィ夫人——わたしはただただただ不幸だった。
マレンツィ氏——マリア。
マレンツィ夫人——はい!
マレンツィ氏——そんなこと言ってはいかんよ。そんなふうに言いきっては。ミヒャエルは。お前の息子なんだぞ。彼のせいになんかできんだろう。それにそんなふうじゃなかったよ。お前がいまになってそう思ってるだけで。わたしたちは。幸せに生きてきたじゃないか。
マレンツィ夫人——ミヒャエルのせいだなんて言ってないわ。それとは関係ないのよ。
ミヒャエル——そりゃどうも。ぼくのせいじゃないと聞いて嬉しいよ。でもいまは何が言いたいの?
マレンツィ夫人——お父さんに訊いてよ。

マレンツィ氏――また何を言い出すんだ。なんでケチをつけてくるんだ。いったいどんな文句が飛び出すのやら。もうわたしにはわからないよ。

マレンツィ夫人――あなたにははっきりとわかっているじゃないの。

マレンツィ氏――いいや。わからないね。

マレンツィ夫人――すべてどうでもいいことだわ。いまとなっては。いつのまにかどうでもよくなっちゃったの。でも忘れることは。忘れられなかった。あなたと妹を見てて気づかなかったとでも思うの？　あなたと彼女が。そんなこと、簡単に忘れられると思うの？　そして、まるで何もなかったように振る舞えるとでも？　そんなことができるのはあなただけよ。わたしにはそんなことはできない。そして、そういうことになったのも、わたしたちが若かったからなのよ。だから言ったのよ。親切のつもりでね。あんたたちがそんなことにならないようにね。あんたたちがすべてを。考え直せるように。落ち着いて。あまりにも。急ぎすぎてるし。あまりにも。なんだか。人生すべてをそんなふうに。大急ぎで。いつも次のことを考えて。けっして落ち着いて休むことがない。

ミヒャエル――だからって、ぼくたちのことはぼくたちに任せてくれるべきだよ。ぼくはクラリッサを愛してる。子どもをどうするかは。自分たちで考えるよ。ほかの誰とも相談する必要はないんだから。

クラリッサ――（驚いて、彼から身をもぎはなす）だけど。ミヒャエル。あなたも子どもがほしいって言ってくれたじゃないの。

ミヒャエル――ぼくはただ。理論的なことを言ってるだけだよ。そもそも。子どもを生むかどうかは徹底的に考えないとね。

クラリッサ――ミヒャエルったら。

マレンツィ氏――言わせてやりなさい。もちろん彼だって子どもがほしいんだ。そのことはわかっているよ。

フィッシャー氏――もちろん彼の言うとおりですよ。つまり。わからないじゃないですか。彼女の状況とか。そんなふうに。何がなんでも生もうとしなくても。後からだって。間に合うものですよ。

フィッシャー夫人は舞台を横切ってマレンツィ夫人の方に行く。

マレンツィ氏――そういうわけにはいきませんよ。それはできません。子どもができる。簡単なことです。そして生まれる。いつもそうだったし、これからもそうなんです。それのどこがいけないのか、わたしにはわかりませんな。

ミヒャエル――ぼくだって子供はほしいよ。いままでだって、それ以外のことは言ってないだろ？　ただ、考えるぐらいしたっていいだろ。そうじゃないかい？

クラリッサはさらに離れる。

マレンツィ氏――もし考え始めたりしたら、世の中には子どもなんていなくなるさ。子どもなんて生まれなくなるだろうからね。

フィッシャー氏――そんなに大したことでもありませんよ。前もって避妊するか。妊娠してから中絶するか。なんてことはね。

マレンツィ氏――わたしは、子どもを生むのが理性的だとはけっして言いませんよ。それどころかはなはだ理性に反する行為です。でも子どもだとか。家族だとかいうものは。理性とはなんの関係もありませんからね。

フィッシャー氏――でも。家族を養うことぐらいはできなくては。

マレンツィ氏――でも。やめてくださいよ。そのためにわれわれがいるんですから。そんなこと問題じゃありませんよ。いまは。わたしたちみんな元気なんですし。

フィッシャー氏――もちろん、若い奥さんのことも考えてあげなくちゃいけませんな。

ミヒャエル――ぼくたち、なんでも一緒にやりますから。みんなやってることですよ。どんな人間でもできるんです。子どもを生み、育てるってことは。

フィッシャー夫人――ええ。もちろん。この娘さんのことだけを考えてあげて。

フィッシャー氏――やめなさい。わたしたちはここでああだこうだ言ってるけど。ほんとは彼女の問題なんだよ。

フィッシャー夫人――自分を笑いものにしないでよ。まるで、他の人のことを重要そうに……

フィッシャー氏――おや。その話になったかね。やれやれ。

クラリッサはみんなのなかでひとりぼっち。

クラリッサ――わたし、思ってた。みんなが喜んでくれるだろうって。こういう場合には。それ以外あり得ないって。

ミヒャエル――だけど、クラリッサ。

クラリッサ――（ミヒャエルに向かって）何が問題なのか、全然わかってないんでしょ。

ミヒャエル――クラリッサ。いったいどうしたんだ。

クラリッサは右手にいる二人の女性の方に向く。冷静に、確認するように。

クラリッサ――人生でこんなに見捨てられた気分になったことはないわ。こんなに一人きりに。

二人の女性たちはクラリッサを見つめる。困ったように、親切そうに。男たちは互いに肩をすくめて見交わし合う。ミヒャエルはクラリッツサに一歩歩み寄ろうとする。マレンツィ氏が彼を引き留める。一人にしておけ、と合図する。フィッシャー氏も身振りで、いまに落ち着きますよ、と合図する。

クラリッツサ——（女性たちに向かって）こんなもんなの？　すべてが？

二人の女性、ふたたび困ったように。

フィッシャー夫人——（困惑し、謝罪するように）そうなんだと思いますよ。

クラリッツサ——でも。こんなのがまんできない。どうやったら耐えられるの。こんなこと。

一瞬、女性たちはバラバラに立っている。途方に暮れて。男たちは寄り集まっている。途方に暮れて、すべてが元に戻るのを待ちつつ。

クラリッツサだけが中央に立っている。

第19場

二分後にヴィクトリア行きの電車が到着します、という案内がスピーカーから流れる。「Through-train to Victoria. Two minutes. Two minutes. Through- Train to Victoria.（ヴィクトリア行き快速。二分で到着。二分で到着。ヴィクトリア行き快速）」

上の方から、第1場でホームにいた人たちが押し寄せてくる。みんな、押し合いへし合いしながら通り抜けの通路を通って後方のプラットホームに行く。

旅行者たちはほんの一瞬、動きを止めている。それから大急ぎで動き始める。誰もが荷物をつかみ。一目散に駆け出す、というか逃げ出すといってもいい。

クラリッサはミヒャエルに引っ張られていく。

みんな連絡橋を通って後方へと急いでいく。最後尾はマレンツィ夫人。

マレンツィ夫人――（連絡橋の上で、フィッシャー夫人に呼びかけながら）

あの人たちの名前がわからないわ。

スローン・スクエア。

旅行者たちも他の人々も、ホームレスの女の脇を通り抜けていく。ビニール袋が落ちる。死体の一部が飛び出す。人々が通り過ぎてしまう。ホームレスの女はすべてを元に戻す。列車の音。大きな警笛。

マレンツィ夫人——（遠くから叫びながら）あなたの住所。あなたの住所をまだいただいていませんわ。

列車が出発する。その後は完全な静寂。

ホームレスの女がふたたびビニール袋の王国の中心にいる。腕を組んで。観客席を凝視する。座ったまま。

訳注

（1）マレンツィ家、フィッシャー家の計六人。
（2）以下、ホームレスの女がしゃべるのは、グリューフィウスの「メアリ・スチュアルダ」からの台詞。
（3）以下、歌詞を思い出しつつ暗唱する。
（4）原文は英語。
（5）「ガブ」はダヌンチオのファーストネーム「ガブリエル」の略。以下、浜辺の売り子は英語でしゃべっている。
（6）以下に朗読されるのはゲーテのテクストである。

訳者解説

ヴェールを剥がれる虚飾の世界

松永美穂

Walküre-Beach / Sloane Square.

『ワイキキ・ビーチ。』と『スローン・スクエア。』を訳すことができてとても嬉しい。シュトレールヴィッツは好きな作家の一人だし、この二作は彼女の戯曲の代表作であり、彼女の作劇の特徴をとてもよく伝える作品でもあるからだ。

一九五〇年、オーストリアのウィーン近郊で生まれたマーレーネ・シュトレールヴィッツは、ノーベル文学賞を受賞したエルフリーデ・イェリネクと並び、ドイツ語圏ではたいへん著名であり、現在も活躍を続ける女性作家である。大学では当初法律を専攻したが、やがてスラブ文学と美術史に移り、スラブ文学で博士号取得。卒業後、八〇年代には専らジャーナリストとして活動しながら、シングルマザーとして二人の娘を育てた。その後放送劇を手がけ、一九八九年からは演劇部門でも演出家・劇作家としての活動を開始。そこから彼女の快進撃が始まる。一九九二年は『ワイキキ・ビーチ。』と『スローン・スクエア。』がケルンで初演された年でもあるが、ドイツの演劇雑誌『テアーター・ホイテ』はその年、最も活躍した新進劇作家としてシュトレールヴィッツを選んでいる。九〇年代前半、彼女は毎年戯曲の新作を発表して話題になりつづけ、九六年以降は長編小説も出版。フランクフルト大学やテュービンゲン大学、ベルリン自由大学などで文学講義やセミナーも行うなど、多様な文学活動を展開している。受賞歴も積み重なり、一九九九年にはオーストリア国家栄誉賞を文学部門で受賞したほか、二〇〇一年にはヘルマン・ヘッセ賞、二〇〇二年にはアーヘン市のヴァルター・ハーゼンクレーヴァー文学賞も受賞している。

シュトレールヴィッツが非常に刺激的な作家だということは、戯曲をお読みいただければすぐにわかるだろう。『ワイキキ・ビーチ。』も『スローン・スクエア。』も設定が秀逸である。『ワイキキ・ビーチ。』では、廃屋に二人の中年男女が入ってくるところからストーリーが始まっている。男は地元の有力な日刊新聞の編集長。女は当地の市長夫人（シュトレールヴィッツ自身の父親がオーストリア国民党という保守政党のメンバーで、シュトレールヴィッツが生まれた当時は市長の職にあったことを考え合わせると興味深い）。以前から不倫をしていたこの二人は、その晩たまたまどこかのパーティーで出会い、酔っ払った勢いでそこを抜け出し、以前は新聞社のオフィスだったその廃屋にしけこんだのだ。どこにでもありそうなその状況のなかで、二人の会話を通して、その町では上流階級に属するはずの彼らの家庭生活がいかに破綻しており、エスタブリッシュされた生活がいかに嘘で塗り固められているかが、次第に明らかになってくる。個人としての充実した生を生きることはもはや不可能で、自分自身とは乖離したある役割を演じているだけ。虚飾を剥ぎ取ってしまえば残るのは空しさだけであるということが、短い時間のあいだにまざまざと伝わってくる。夫婦不信、近親相姦、家庭内暴力、アルコール中毒、対立する陣営がお互いに暴き合うスキャンダルの応酬。悲惨な現実が剝き出しになるのと並行して、リアルな市民悲劇かと思われたこのドラマの中に、シェイクスピアやチェーホフ、オペラなどの古典のパロディー的場面が次々と入り込み（さらに映画『ドクトル・ジバゴ』や『時計仕掛けのオレンジ』からの引用も指摘されている）、欧米の支配的文化に対するシュトレールヴィッツの批判的態度が明らかになるとともに、観客の感情移入をあえて阻害するような批判的な距離が、進行する悲（喜）劇の内容に対してもおかれている。第五場で突然登場する三人の太った女たちがソファに横たわるミヒャエルとヘレーネを一幅の絵に見立ててさまざまに批評するように、シュトレールヴィッツは自分自身までも批判の俎上に載せ、パロディー化して見せるのである。

冒頭から避妊の話や女性の自己実現の話が会話のテーマとなるように、市長の妻であるヘレーネは物質的必要がすべて満たされた生活を送っていても幸福感が得られず生きあぐね、ミヒャエルの妻ジルヴィーはアル中で苦しんでいる。もちろん男たちとて幸福というわけではなく、ミヒャエル自身も生活に疲れきっている。しかし最後の場面、ホームレスの女をかばおうとしてヘレーネが殺される一方で、男たちはうまく難局を切り抜け、政敵だった市長と編集長の間には彼女の死をきっかけに和解と合意が訪れる。結局は女性たちが犠牲になり、踏み台とされていくこの構図は、男性社会のからくりに対するシュトレールヴィッツのフェミニスト的理解を示しているといえるだろう。

ホームレスの女や徒党を組んだ暴力的なグループは『スローン・スクエア。』にも登場する。『スローン・スクエア。』はドイツ語圏から来た二組の家族がロンドンの地下鉄駅の構内で電車の不通をきっかけに言葉を交わす数十分を描いたものだが、ここでは三人の女性たちの会話を通じて彼らの不満、不幸、表面上は隠している不和などが次々に明らかになっていく。そんな三人に、イタリアの作家ダヌンチオがマッチョな紳士として絡んだり、場違いな浜辺の物売りが登場したり（しかしこの物売りは「観光」というテーマを象徴する要素ではある）して、劇空間を異質に変化させていく。一見平和な中流家庭に潜むさまざまな不幸が暴露され、いったん高まった悲劇性はしかし、地下鉄が復旧するやいなやまた「日常」のなかに回収され、旅行者たちはお互いの名前も知らないまま、地下鉄の匿名の乗客となって空港に向かっていくのだ。

シュトレールヴィッツはこうした日常（特に女性の日常）に潜む不幸を描くのに巧みな作家であり、九〇年代後半以降は小説の分野でもこうしたテーマを取り上げている。悲劇性を強調して主人公の女性をヒロインに仕立て上げてしまうのではなく、ある程度突き放し、主人公の弱さやナイーブさも描きつつ、その悲劇の根が社会のどのような部分にあるのかを読者にも悟らせていこうとする。

戯曲・小説に共通するシュトレールヴィッツの創作の特徴としてもう一つ挙げられるのが、短く切られた文章である。短文、というよりもむしろ句や節、単語の単位で文章に句点が打たれてしまうことが多い。文章にたたみかけるようなリズムが生まれるとともに、文が完結しないことで、話者が何を言おうとしていたのか、聞き手が想像せざるを得ない空白が生じる。考えてみれば、わたしたちは日常の会話において、文法的に完結しない文を口にすることが非常に多いし、そうした意味でシュトレールヴィッツの戯曲の台詞などは現実を活写しているといえなくもないのだが、シュトレールヴィッツの文学講義などを読むと、句点の多用は彼女なりの「文学の脱植民地化」のプログラムであって、父権的な文学に対する一種の挑戦でもあることがわかってくる。

ところで、シュトレールヴィッツはしばしば、内容とあまり関係ないようなタイトルを作品に与えることで知られている。「スローン・スクエア。」はロンドンに実際にある地下鉄の駅の名前で、戯曲の舞台もそうなっているからわかりやすいのだが、都会の廃屋で繰り広げられる不倫と暴力の物語がどうして「ワイキキ・ビーチ。」と題されなくてはならないのか。タイトルが作品の印象を集約してしまうことを拒み、作品の中身を裏切るような、落差の大きいタイトルを付けようとする作者の姿勢は挑戦的だ。ただ、うがった解釈をすれば、「ワイキキ・ビーチ」という地名から連想される海辺のリゾート地に集う男女も、みなヘレーネとミヒャエルのような鬱屈した感情を抱えているのだ、と作者は暗示しているのかもしれない。トルステン・フィッシャーが演出したケルン劇場での上演では、廃屋のホールに水たまりがあり、それがうらぶれたビーチのような雰囲気を醸し出していた。

　突飛なタイトルを付けたりするシュトレールヴィッツだが、登場人物にはしばしば同じ名前の人間が登場する。特にヘレーネという名はかなりの頻度で使われている。(『ワイキキ・ビーチ。』のヒロインもヘレーネだが、『スローン・スクエア。』にも、登場こそしないものの、母親との軋轢がもとでマレンツィ家を飛び出した娘の名として「ヘレーネ」が出てくるし、シュトレールヴィッツの初の長編小説『誘惑。』の主人公もやはりヘレーネである。)一方、『ワイキキ・ビーチ。』に登場するミヒャエル・ペチヴァルの「ペチヴァル」という姓も、少しずつヴァリエーションさせながらよく使われているが、この名はワーグナーの楽劇にもなっている「パルチヴァル」と通じるところがあるように思われる。

今回の翻訳では、日本語として読んでわかりにくくならないように多少補った部分もあるが、できるだけ彼女の文章のリズムを残すように心がけた。

シュトレールヴィッツは一九九六年に長編小説『誘惑。』(鳥影社より拙訳)を発表して以来、戯曲を離れて小説家に転じ、さまざまな手法で意欲的な作品を発表している。キッチュな三文小説の体裁をとった『リーザの恋。』(一九九七)、グスタフ・マーラーとアルマ・マーラーの一人娘の行方を追った『後世。』(一九九九)、ベルリンに実在の通りを舞台にした『マヤコフスキーリング。』(二〇〇〇)、エドガー・アラン・ポーの『アッシャー家の没落』をフェミニズム的にリライトした『パーティーガール。』(二〇〇二)、三十歳女性の生き様をジョギング中のモノローグの形で綴った『ジェシカ、三十歳。』(二〇〇四)など。都会に住む女性の心理を扱った作品には、舞台をそのまま東京に持ってきても当てはまりそうな印象があり、現代の普遍的な問題を抉り出す作家として、シュトレールヴィッツには日本でももっともっとポピュラーになってほしいと思う。

今回の翻訳に当たっては、出版をお引き受けくださった論創社と、編集作業を担当してくださった高橋宏幸さんに大変お世話になった。心からの感謝をお伝えしたい。また、一九九九年にシュトレールヴィッツが来日した際、出会いのきっかけを作ってくれたカーリン・ループレヒター＝プレンさんと、ヴァルター・ルートプレヒターさんにも、あらためてお礼の言葉を伝えたいと思う。

二〇〇六年九月

松永美穂

オーストリア、ウィーン近郊のバーデン生まれ。
ウィーン大学でスラブ学と美術史を学ぶ。
1992 年以降、戯曲家として活躍、作品がドイツ語圏のあちこちの劇場で
上演される。1996 年の長編小説『誘惑。』でマラ・カッセンス賞を受賞。
短編小説や文学講義、エッセイなどの分野でも活躍し、
オーストリア政府の保守性・閉鎖性を鋭く批判し続けている。
2002 年にはヴァルター・ハーゼンクレーヴァー賞を受賞。

マーレーネ・シュトレールヴィッツ

Marlene Streeruwitz

松永美穂

愛知県出身、東京大学大学院博士課程満期退学。
フェリス女学院大学助教授を経て、早稲田大学文学部教授。
訳書にベルンハルト・シュリンク『朗読者』、ラフィク・シャミ『夜の語り部』、
ユーディット・ヘルマン『夏の家、その後』、
マーレーネ・シュトレールヴィッツ『誘惑。』など。
毎日出版文化賞特別賞受賞（2000 年）。

ワイキキ・ビーチ。{ワイキキ・ビーチ。/スローン・スクエア。}

2006年10月10日 初版第1刷印刷
2006年10月15日 初版第1刷発行

著者……………………………………マーレーネ・シュトレールヴィッツ

訳者……………………………………松永美穂

発行者…………………………………森下紀夫

発行所…………………………………論創社
東京都千代田区神田神保町2-23 北井ビル 〒101-0051
電話 03-3264-5254 ファックス 03-3264-5232
振替口座 00160-1-155266

ブック・デザイン……………………宗利淳一

印刷・製本……………………中央精版印刷株式会社

ISBN4-8460-0586-0

Waikiki-Beach. / Sloane Square.